微光的翅膀。

Flying Wings

是你讓我不再孤單，
所以我緊抓著你，

折斷你亟欲飛翔的羽翼。

Misa著

出·版·緣·起

三百六十度全媒體出版

城邦原創創辦人　何飛鵬

當數位變革浪潮風起雲湧之際，做爲一個紙本出版人，我就開始預想會不會有數位原生內容出版社出現？如果會的話，數位原生出版會以什麼樣貌出現？而我又將如何面對這種數位原生出版行爲？

就在這個時候，我看到了大陸的起點網，這個線上創作平台，聚集了無數的寫手，形成數量龐大的創作內容，無數的素人作家在此找到了夢許之地，也成就了一個創作與閱讀的交流平台，而手機付費閱讀的習慣養成，更讓起點網成爲全世界獨一無二、有生意模式的創作閱讀平台。

基於這樣的想像，我們決定在繁體中文世界打造另一個線上創作平台，這就是POPO原創網誕生的背景。

做爲一個後進者，再加上我們源自紙本出版工作者，因此我們在POPO上增加了許多的新功能，除了必備的創作機制之外，專業編輯的協助必不可少，因此我們保留了實體出版的編輯角色，讓有心成爲專業作家的人，能夠得到編輯的協助，我們會觀察寫作者的內容、進度，選擇有潛力的創作者，給予意見，並在正式收費出版之前，進行最終的包裝，並適當的加入行銷概念，讓讀者能快速認識作者與作品。

這就是ＰＯＰＯ原創平台，一個集全素人創作、編輯、公開發行、閱讀、收費與互動的一條龍全數位的價值鏈。

經過這些年的實驗之後，ＰＯＰＯ已成功的培養出一些線上原創作者，也擁有部分對新生事物好奇的讀者，不過我們也看到其中的不足——我們並未提供紙本出版服務。眞實世界中，仍有許多作家用紙寫作，還有更多讀者習慣紙本閱讀，如果我們只提供線上服務，似乎仍有缺憾。

爲此我們決定拼上最後一塊全媒體出版的拼圖，爲創作者再提供紙本出版的服務，讓所有在線上創作的作家、作品，有機會用紙本媒介與讀者溝通，這是ＰＯＰＯ原創紙本出版品的由來。

如果說線上創作是無門檻的出版行爲，而紙本則有門檻的限制，線上世界寫作只要有心，就能上網、就可露出，就有人會閱讀，沒有印刷成本的門檻限制。可是回到紙本，門檻限制依舊在。因此，我們會針對ＰＯＰＯ原創網上適合紙本出版的作品，提供紙本出版的服務，我們無法讓所有線上作品都有線下紙本出版品，但我們開啓一種可能，也讓ＰＯＰＯ原創網完成了「三百六十度全媒體出版」的完整產業及閱讀鏈。

不過我們的紙本出版服務，與線下出版社仍有不同，我們提供了不同規格的紙本出版服務：（一）符合紙本出版規格的大眾出版品，門檻在三千本以上。（二）印刷規格在五百到二千本之間的試驗型出版品。（三）五百本以下，少量的限量出版品。

我們的宗旨是：「替作者圓夢，替讀者服務」，在作者與讀者之間搭起一座無障礙橋梁。

我們的信念是：「一日出版人，終生出版人」、「內容永有、書本不死、只是轉型、只是改變」。

我們更相信：知識是改變一個人、一個組織、一個社會、一個國家的起點。讓想像實現、讓創意露出、讓經驗傳承、讓知識留存。我手寫我思，我手寫我見，我手寫我知，我手寫我創，變成一本本的書，這是人類持續向前的動力。

我們永遠是「讀書花園的園丁」，不論實體或虛擬、線上或線下、紙本或數位，我們永遠在，城邦、POPO原創永遠是閱讀世界的一顆螺絲釘。

楔子

我時常反覆做著同一個夢。

夢裡的背景有時候是雨天，有時候是陰天，有時候是豔陽高照，有時候卻是寒冷刺骨的雪天。

唯一不變的是我的哭聲，以及她的背影。

在夢中，我追著前方的女人，哭喊得聲嘶力竭，那慘烈的哭聲彷彿不像是從我的喉嚨中所發出的。

我朝她伸手，手掌小小的，我這才意識到夢中的自己依舊是個孩子，所以無論我如何奮力奔跑，與前方的女人始終都保持著一段長長的距離。

她並沒有意願停下來，甚至覺得我的追趕對她是種困擾，修長的雙腳越走越快。

「不要丟下我，媽媽！」

童稚的嗓音飄散在風裡，她卻更加快了腳步，高跟鞋踩在水泥地上的叩叩聲，就像是冰錐般一次次刺入我的心中。

我老是夢見這幕場景，但我已經不再想念媽媽。

我不記得她的長相，也遺忘了過往和她相處的點點滴滴。

甚至連這場夢境是否是曾經發生過的現實，我都覺得懷疑。

然而，每當我在夢中一次次被媽媽丟下，一個人站在馬路上無助大哭的時候，他總是會出現。

他總是會帶著微笑牽起我的手，輕聲對我說：「有我在，我永遠都會在。」

溫暖的話語、溫暖的他。

第一章

我玩弄著手上的指甲，不時抬頭看向前方巷口，又低頭用力拉扯指甲邊緣的死皮，然後再次抬頭張望，熟悉的身影依然沒有出現。

「他死定了，居然敢遲到。」我碎念著，指甲邊緣的死皮因爲拉扯而紅了一塊，有些刺痛，紅色血跡慢慢滲了出來。

我用口水舔了舔指甲，在路邊找了張椅子坐下。

這次的目標是我的膝蓋，微長的指甲不斷在膝蓋上來回戳刺著，白皙的肌膚浮現指甲的印痕，泛起了一片紅。

「妳又在幹麼？」一道影子落在我的膝上，他的聲音在我頭頂響起。

我不悅地抬頭，「你遲到了。」

他瞄了手錶一眼，「我沒有遲到。」

「有。」

他微笑著將手錶轉向我，「妳看，我們約七點，現在是六點五十五分，我還提早到了。」

「比我晚到就是遲到。」我堅持。

「哈，蘇子毓，永遠都是妳有理。」他絲毫沒有不開心，溫柔一如往常，「但我覺得是不是要更改一下約定碰面的地點？我來妳家前會先經過公車站牌，而我們也是要在那裡搭公車，何不直接約那裡？」他提議。

「要我自己走去公車站牌？不可能。」我斷然否決。

「我想也是。」他聳聳肩，對我伸出手。

「你忘了答應過我的事？一輩子的約定。」我將手上的書包交給他，他很自然地接過，背著兩個書包往前走。

「我沒忘啊。」他朝著陽光前進的身影，跟我在夢裡看見的他一樣，他側過頭說：「我永遠都會在。」

我哼了一聲，著實覺得安心，跟上他的腳步，走在他身邊。

他叫宇文謙，說過會一輩子陪伴我的男孩，從那時候到現在已經過了好幾年，他依然在我身邊。

早晨的公車人滿爲患，宇文謙爲我找到一個絕佳的位置，讓我倚靠在窗邊，他則站在我面前，爲我擋去其他乘客的推擠。

「開學第一天人這麼多，早知道就提早半小時出門。」

在公車司機第二次要求乘客改搭下一班時，我不免抱怨。

宇文謙嘴角勾起無奈的微笑：「是啊，我昨天也這麼提議，但是是誰說沒有這個必要的？」

我眼珠骨碌碌地轉動了一圈，「是我，那又如何？」

「沒有如何。」他又笑了。

我低頭打量自己身上的酒紅色百褶裙、菱格領帶，又看了看宇文謙的黑色長褲與領帶，「爲什麼男生的制服褲不是酒紅色？」

「那能看嗎？」

「但這樣看不出來是同一所學校的制服。」

「看得出來啊，領帶不是一對嗎？」他修長的手指提起我的領帶，另一手則勾起他自己的領帶，一紅一黑，同樣是菱格圖案。

「很難看得出來。」我不服氣地爭辯。

突然司機一個緊急煞車，車上的乘客全都站立不穩、劇烈搖晃了下，後方有人撞上了宇文謙，導致他提著領帶的手朝我身上壓來，不偏不倚就落在我胸前。

「對不起。」他迅速抽回手，側過頭看向其他地方，耳根泛紅。

「這又沒什麼。」我的語氣平靜無波，清楚瞥見他的側臉浮上一絲黯然，「青梅竹馬不用在意這些。」

「嗯，也是。」他扭頭迎向我的目光，言不由衷地笑著。

他喜歡我，我知道。

我和宇文謙從七歲就認識了，見過彼此最眞實、醜陋、任性、胡鬧的一面，正確說起來，是宇文謙見過所有的我，包括我的脆弱與黑暗，然而在我記憶中的宇文謙，永遠都面帶微笑。

不論是八歲的他、十歲的他、十三歲的他，甚至到了現在，十六歲的他，幾乎只有身高抽長了，他的神情與溫柔，全都一如往昔。

有段時間，我幾乎每晚都在哭泣，哭著睡著，然後又哭著醒過來，阿姨拿我沒輒，從一開始的憂心忡忡轉變成後來的怒氣沖沖。

「妳是要哭多久？妳媽不會再回來了，妳再怎麼哭都沒有用！」在某個夜裡，我又因爲重複媽媽離去的夢境而哭得驚醒過來時，阿姨對我咆哮。

當時年僅七歲的我，其實眞正哭的，並不是媽媽的離去，而是被親人捨棄的不安全感。

「妳這樣罵她有什麼用，她聽得懂嗎？」阿嬤從另一個房間跑過來，怒斥阿姨，「來，子毓，跟阿嬤一起睡。」

「媽，當初就是妳太寵姊了，寵到她現在連小孩不要了，都直接我們往這裡丟！」阿姨的怒吼，在阿嬤關起門後轉爲哭聲。

阿嬤一手握著我的手，另一手輕拍著我的背哄我入睡，不管我驚醒了幾次，哭了幾次，那雙充滿皺紋的手依舊沒有離開。

只要我陷入睡眠，幾乎都會讓這樣的夢境給嚇醒，即使是學校的午休時間也不例外，當我第一次從桌子上摔下來，失控地在教室裡放聲尖叫的時候，阿姨隨即被班導找來學校。

「曾小姐，請問您是子毓的……」國小班導是位新進的女老師，這是她帶的第一個班級，才剛擔任班導就遇到我這樣的學生，她顯得很緊張。

「我是她阿姨。」阿姨不耐煩卻又眼帶憐憫地看了看我，嘆了口氣，「學校有強制學生要午休嗎？」

「咦？啊……是沒有，但我們會希望孩子可以補充體力，在中午的時候趴在桌上休息……」

「妳也看見了，蘇子毓睡著就會發瘋，所以別讓她睡，看是要讓她在教室看書還是要她去圖書館看書都行，這樣問題就解決了。」阿姨瞥了手錶一眼，身上還穿著銀行行員制服的她站起來，「我要回公司了。」

「曾小姐……」老師也跟著站起來。

「蘇子毓，妳最好安份點，不要給我添麻煩！」阿姨瞇起眼睛囑咐我。

我順從地點點頭，站在原地目送阿姨頭也不回的身影，以及老師連忙追上去的慌亂姿態。

阿姨和媽媽是親姊妹，我卻不知道她們長得相不相像。

在我模糊的印象之中，媽媽好像很溫柔，身上有著好聞的味道，然而在她將我丟下的那天，這一切彷彿都一併遺留在遙遠的過去，日漸模糊不清。

我甚至開始懷疑，那些僅存的記憶是不是我杜撰出來的，其實我媽媽一點也不溫柔，她不曾對我展現笑容、不曾做過一桌溫暖的飯菜、不曾在我生病時半夜好幾次過來我床邊查看。

至於她的容貌，我只記得她將我丟下的那天，那帶著困擾與不悅的側臉。

「回去，蘇子毓。」

以及那冰冷的話語。

我站在導師室的窗邊，看著老師一路追著阿姨去到校門口，最後在阿姨搭上計程車後沮喪地轉過身。

「子毓，妳在家……」當老師回到導師室的時候，無奈與挫敗完全顯露在她的臉上，她注視著我的臉，停頓了一下，摸摸我的頭，才又繼續說：「如果發生任何事情，記得告訴老師。」

「我午休的時候可以去圖書館嗎？」我只回了這麼一句話。

老師同意了，於是我成爲全校唯一一個獲准在午休時間進入圖書館的學生。

我喜歡捧著一本艱澀難懂的書，坐在窗邊的位子，凝視著窗外的落葉，就這樣靜靜發呆。

腦袋什麼也不想，什麼也不用在意，只是放空，彷彿一切煩惱都會就此遠離。

而有時候，我會挑選童話繪本翻讀，看著灰姑娘在母親死去後，被繼母和兩個姊姊虐待，我不由得暗自慶幸，自己還不算淒慘。

阿姨雖然對我很凶，卻不曾虐待我，我已經很幸運了。

「蘇子毓，爲什麼只有妳午休可以去圖書館？」班上四、五個女生把我圍在中間，一副憤憤不平的樣子。

「因爲我阿姨請老師准許我午休去圖書館看書。」基本上我這句話並沒有說錯，但我卻沒有解釋老師爲何會答應阿姨的請求。

於是班導遭受到各方家長不斷湧來的質疑聲浪，質疑她爲何讓我擁有特權？年輕的導師抵擋不了壓力，於是坦白說出我中午無法入睡的原因，眾人面面相覷，終於沒了意見。

然而班上同學之間卻耳語四起。

「是呀，蘇子毓中午睡覺會突然尖叫。」

在那懵懂的年紀，孩子們無知的話語，對我雖然不至於構成傷害，但依舊讓我覺得難受。

我可以感受到同學們投來的異樣眼光，有個男同學甚至直接當面問我：「妳是夢到妳媽媽把妳丟下嗎？」

讓我生氣的並不是這句話，而是他笑著說出這句話的模樣。

他帶著好奇與玩笑來刺探我的痛苦。

你可以待在有媽媽的家中，可以吃著媽媽做的熱騰飯菜，可以抱怨媽媽管得太多，而你卻用嘲笑的語氣來問我這個問題。

所以我握緊雙拳，抬頭緊盯著他，帶著赤裸裸的惡意冷冷地說：「我夢見你死了，死得好可怕，全身都是血，所以我才會尖叫！」

那個男同學的笑容僵在嘴邊，臉色一陣青一陣白，迅速轉為憤怒，漲紅了臉，伸手猛力推了我一把，我整個人跌坐在地上。

班上圍觀的同學一陣驚呼，所有人往退後了一大步。

我內心湧上一股難以抑制的激動情緒，我站了起來，對著那個男同學惡狠狠地喊道：「你的眼睛掉出來了，頭被壓扁，一片血肉模糊，流了好多好多血，你媽媽在哭，因為你死掉了！你死掉了！」

說完，我像是得了失心發瘋似的高聲尖笑，那個男同學一邊放聲大哭，一邊衝向我，雙手用力搥打在我的臉上、身上。

我不害怕，我覺得很開心，同時也很傷心。

同學們尖叫連連，我的臉頰被揍得發疼。

這時，幾個老師衝進教室試圖阻止這場混亂，詳細情形我記不太清楚了，只記得自己嘴裡不停瘋狂大喊：「你死掉了！你死掉了！所有人都死掉了！」

我也死掉了。

在被媽媽丟下的那一個晚上，我就死掉了。

❖

「蘇子毓，妳是想給我添多少事端？」

阿姨一個響亮的巴掌朝我揮過來，原本就紅腫的雙頰這下更是感到一陣火辣辣的疼痛。

「妳幹什麼動手啊！」阿嬤驚慌地拉過我，把我護在懷裡，心疼地伸出手背輕輕貼撫在我的臉上。

「媽！妳眞該聽聽學校老師跟我說了些什麼，聽聽這小鬼在學校說了些什麼瘋言瘋語！讓我丟臉死了，不斷彎腰跟別人道歉，現在是怎樣？她是我的小孩嗎？」阿姨尖聲痛罵。

「她年紀這麼小，七歲的孩子懂什麼啊！」

「狗的智商可以到人類的兩歲半，狗都聽得懂我們在說什麼了，一個七歲的小孩會不懂？她根本就是故意的，故意要讓我難堪！」阿姨一邊說一邊伸手過來又要打我，毫不留情。

「給我住手！」阿嬤將我往旁邊拉，避開阿姨的手。

「媽！」

「她才剛失去了媽媽，妳就不能給她一點時間嗎？多對她付出一些愛和關懷，會怎麼樣嗎?」阿嬤喊著，雙手在我的背上不斷拍撫，而我面無表情。

「愛與關懷?媽，妳小時候是怎麼對我，又是怎麼對待姊姊的?妳對我付出過愛與關懷嗎?而姊姊呢?她獲得了妳全部的愛，現在人又去了哪裡?」阿姨的聲音帶著哽咽，在眼眶裡的淚滿溢而出之前轉身回到房間，碰地一聲關起了門。

「之萍……唉……」阿嬤的聲音在我耳邊斷斷續續響起。

我覺得自己似乎掉下了眼淚，但嘴角卻沒有嘗到熱熱鹹鹹的滋味，眼前逐漸模糊一片，似乎有道白光閃過。

等到我張開眼睛，發現自己躺在一片漆黑的房間裡。

我剛剛突然睡著了嗎?但我沒有做夢呀。

我想坐起身，卻覺得渾身沉重，無法活動自如，雙手還會不自覺地打顫，口乾舌燥。

房門被推開，頭頂的燈也被打開，阿嬤端著一盆水緩步走進來，她瞪大眼睛:「子毓，妳醒了啊!」

醒?所以我剛剛是睡著了?

阿嬤將浸在水盆中的毛巾擰乾，輕輕爲我擦拭臉頰，語聲悲淒，「才七歲，怎麼會忽然暈倒……」

我暈倒了?

看著阿嬤悲傷的臉龐，我的內心沒有任何感覺，所有的情感似乎正慢慢從我體內抽離。

「這樣子不行啊……」阿嬷喃喃自語。

自從在班上歇斯底里發作過那一次後，我成功地讓大家更加疏遠我，不會再有人來跟我搭話，也就不會再有人來嘲笑我。

那個男同學變得很怕我，他看向我的眼神總是帶著恐懼，好像我是什麼致命的病菌一樣。

我樂得清閒，反正連我媽媽都不想要我了，又哪會差你們幾個人呢？

午休時間，我待在圖書館裡，靜靜翻著一本又一本書，四周寧靜得彷彿世界上只剩下我一個人。

不知不覺我在這裡待了一整個下午，卻沒有任何老師或同學來找過我。下午三點多，當我從圖書館離開、走進教室的時候，老師才錯愕地發現她竟沒注意到班上少了一個學生。

孤獨。

那是我第一次眞切體會到這兩個字的意思。

沒人理會妳是一回事，人們忘記妳又是另一回事。

我感覺到自己被人遺忘了，而這就是我一直想要的。

獨自藏在一個地方，沒有人記得我，讓我就這樣消失。

「妳一個人在那裡幹麼？」

他出現得很突然，在我措手不及的時候，或者應該說，在我根本不知道自己正在做什麼的時候。

我只記得那天天氣很好，陽光充足，阿姨不在家，而阿嬤說了要去外面的商店買東西，她給了我一支冰棒，我就坐在大樓前的階梯邊吃冰。

那個男孩就這麼忽然出現了，定定地站在我面前。

他穿著背心與短褲，頭上戴著草帽，腰間背著水壺，手裡還拿了根捕蟲網，在這樣的大熱天裡，他的笑容卻清爽得不可思議。

我狐疑地看著他，並沒有接話。

「欸，不要理她啦。」站在他右邊的男孩用我聽得見的音量說。

「聽說她怪怪的，樟小的朋友都這樣說。」另一個男孩也搭腔。

「是嗎？」那個有著清爽笑容的男孩看起來並不是不知情，只是似乎不太在意，他對我微笑，接著說：「我們是鳳林國小的，我叫宇文謙，這是阿太，那是凱翔。我們現在要去抓蟲子，要不要一起去？」

那兩個男孩一聽到宇文謙對我發出邀請，嫌惡的表情毫不遮掩。

我根本沒打算答應，繼續自顧自吃著冰，當他們是空氣。

「走吧，別理她了，有夠跩的。」應該是凱翔的平頭男孩說。

「樟小的人都說她是怪胎，很詭異啊！」微胖的阿太附和。

宇文謙又看我一眼，沒多說什麼，三個男孩往旁邊的樹林跑去。

我一邊吃冰一邊想著，鳳林國小是附近另一所小學，我住的地方只要再多個兩號，就會是鳳林國小的學區。

「喂！妳叫什麼名字啊！」宇文謙竟然莫名其妙地又跑回來，帶著有幾分傻氣的微笑說：「剛剛忘了問妳的名字。」

我瞇著眼睛打量他，「怪胎。」

「妳是說我，還是說妳？」宇文謙歪著頭。

我斜睨他一眼，他嘴角微微勾起。我隨即明白他不是聽不懂我話裡的意思，頓時覺得這個人很沒禮貌，便站起來想走回屋裡。

宇文謙又喊了一聲：「蘇子毓。」

我不敢置信地轉過頭瞪他，「你怎麼知道我的名字？」

他聳聳肩，不以爲意地說：「妳之前說妳夢見他死掉的那個男生，他是我從小一起長大的鄰居。」

我內心震驚不已，警戒地往後一退，「所以你要報仇？」

宇文謙淡淡地笑了笑：「報什麼仇？妳心虛？」

「是他有錯在先。」我高高地抬起下巴。

「那就對了，我幹麼要爲他報仇，這不關我的事。」

「那你找我的目的是什麼？」

「沒什麼目的，只是看妳一個人很可憐。」

我努力維持語調的平穩，「你說我很可憐？」

他露出不像是這年紀會有的微笑，「是呀，天氣這麼好，妳卻一個人坐在這裡。」

「我一個人有什麼好可憐的？」我想起媽媽離開的那天，忍不住顫抖。

「一個人爲什麼不可憐？」他似乎沒有惡意，只是疑惑。

我不再理會他，決定轉身回家。

「喂，蘇子毓。」他在後頭喊我的名字，手中的捕蟲網筆直朝我伸來，「妳很寂寞，是嗎？」

「關你屁事，去死。」我回頭罵了他一句，口氣非常惡劣。

「女孩子家別把這種話掛在嘴上。」他皺起眉頭，「況且如果隔天我眞的死了，那妳不就會很內疚？」

我微微一怔，隨即板起臉孔，「我不會內疚，我又不認識你。」

「我叫宇文謙，妳叫蘇子毓，知道彼此的名字就算是認識了。」

這一次我決定不再理會他，逕直回到屋內。

宇文謙讓我印象深刻，只是後來就未曾再見到過他，而和我同班的那個男同學依然對我抱持著恐懼之心，老是離我遠遠的，所以我不清楚他是否知道宇文謙曾經主動和我說話。

某天中午，我又來到圖書館看書，看著那些千篇一律擁有幸福快樂結局的童話故事，閉上眼睛想像屬於我的王子會是什麼模樣。

在我想像力貧乏得可悲的腦袋裡，王子騎在可笑的白馬上，穿著和繪本插圖一樣的燈籠褲，而我卻一直哭，因爲王子依舊只留給我一個背影。

他騎著馬在前方奔馳，我怎麼跑都追趕不上，他跟媽媽一樣，都選擇將我遺落。

這些畫面如同墨水滴入水中，形成團團黑霧，張牙舞爪地在我的眼前漫開。

猛然睜開眼睛，看清四周的環境，才明白原來自己竟是在不知不覺中睡著了，摸了摸臉，雙頰沾滿淚水，我下意識就想捂住嘴。

「妳沒有尖叫。」有人一語道破我內心的擔憂，紙張翻頁的聲音接著響起。

我回過頭，窗邊坐著一個男孩，窗外的陽光沿著他的輪廓鑲成光邊，我瞇起眼睛想看清楚他的臉。

「所以妳睡著會尖叫的傳聞是假的？」他微微抬起頭，雖然語氣是問句，漆黑的眼睛裡卻絲毫沒有疑問，只是再次翻了一頁書。

「宇文謙，你怎麼會在這裡？」

他挑了挑眉，「喔，妳還記得我的名字。」

「我記得所有不禮貌的人的名字。」我說。

這時，我才察覺自己居然坐在地板上，先前手裡拿著的那本童話繪本則掉在一旁，頓時醒悟我剛剛其實並非睡著了，而是暈倒了。

暈倒後的副作用這時才慢半拍襲來，我感到口乾舌燥，一陣劇烈的暈眩讓我頭昏眼花，我吃力地扶著桌腳想爬起來。

宇文謙闔起手裡的書，放在腿上，「我勸妳不要逞強站起來，還是先乖乖坐在原地休息吧。」

我惡狠狠地瞪向他，他卻只是聳肩一笑：「好可怕的表情。」

爲了表示自己並不需要他的建言，所以我更加努力想要爬起來，搖搖晃晃地坐上了椅子，不顧身體狀況而逞強的下場就是差點吐出來。

我乾嘔了好幾聲，但因爲沒吃中餐，胃裡是空的，只感受到一股胃酸不斷往喉間湧，我強忍著不吐，趴在桌子上喘氣。

宇文謙嘆了一口氣，緩緩走到桌邊，將手裡的書放到桌上，我眼角餘光瞥去，是本《讀者文摘》。

「我不是說了別動嗎？」

我懷疑自己聽錯了，他的語氣變得溫柔，我微微側頭看他。

「我不需要你的同情。」

「我並沒有同情妳，一直以來都沒有。」宇文謙從書包裡取出水壺，遞了過來，

「喝一點。」

「不需要。」我再次想將頭埋入雙臂之間。

「喝點水會比較好。」他說著，手冷不防地貼上我的額頭，我大驚，卻沒力氣推開他。「妳額頭很冰。」

廢話，因爲我剛剛暈倒。

「妳手腳會不會痲痲的？」

會。

但我並沒有對他的話做出任何反應，不過他卻像是聽懂了我的心裡話似的。

「妳暈倒的時間並不長，大概只有二十秒左右。」他站直身體，旋開水壺，將水倒入杯子，態度強硬地遞給我，「當時妳平躺在地板上，所以我認爲沒有必要移動妳。」

我定定地看向宇文謙，他和班上的男生很不一樣，他並不天眞，他的雙眼跟我一樣，帶著一些些自卑與早熟。

「沒想到妳會喜歡童話繪本。」他瞄了一眼掉在地上的書。

我忍不住瞪他，卻發現他面無表情，並沒有要嘲笑我的意思。

「隨便翻翻。」我悻悻然地答。

「我家有人暈倒的時候，都是這樣處理的。」他的眼神變得柔軟了些，「喝一點吧。」

他輕輕扶住我的背，餵我喝下杯子裡的水，那水如同甘霖般可口。

他滿意地看著我，接著拿起《讀者文摘》，坐回窗台上繼續翻閱。

窗外樹影搖曳，黃澄光線灑進，室內盈滿柔和的陽光，連漂浮在空氣中的灰塵粒子都清晰可見。

「……沒有小學生會看《讀者文摘》。」半晌，是我先打破沉默。

我彷彿聽見他輕笑一聲，「我哥會看。」

「但你看不懂。」我側過身，眼睛直勾勾地盯著他。

「我是看不懂，也不覺得有什麼好看。」他嘴角揚起一抹弧度，闔上那本薄薄的《讀者文摘》，跳下窗台，走到我面前，「蘇子毓，妳很寂寞，是吧？」

我想開口否認，但我注意到他的雙眼也透露出相同的氣息。

他微笑著，卻沒有笑著。

「宇文謙，你也是？」我下意識說出了「也」這個字，而他臉上的笑意愈加濃烈。

「我很寂寞。所以，我一直在找一個跟我一樣寂寞的人。」然後，他臉上的悲哀也跟著加深。

❖

「到了。」宇文謙搖晃我的肩膀，我睜開眼睛，赫然發現他已經摁了下車鈴，「快起來。」

我揉揉惺忪的雙眼，跟在他的背後，讓他幫我刷了悠遊卡，步下公車。

「妳睡得好熟，夢到什麼了？」背著兩個書包的宇文謙站在我面前，雙手插在口袋裡，對我露出與他幼時截然不同的笑容。

眞誠多了，溫暖多了，也開心多了。

「我夢見小時候的事。」我說。

聞言，他的臉色頓時有些黯然。

「不是那件事，是我們第一次相遇的情景。」

宇文謙微笑，「我們還眞不像孩子，對吧？我是說那個時候。」

「是呀，但現在，我們還挺像高中生的吧？」我拉起自己的制服裙襬，站在原地輕巧轉了一圈。

「穿上高中制服，誰都像高中生啊。」他掩嘴而笑，朝我伸出一隻手。

我盯著他的掌心好一會兒，才將自己的手搭上去，「高中了還牽手？」

「妳不要的話可以放開。」他微笑，而我握得更緊。

我可以看見他充滿笑意的眼眸背後，隱藏著濃烈的愛情。

爲此我感到有些罪惡，低下了頭，讓他牽著我的手步入高中校園。

我知道宇文謙喜歡我，具體的時間點我已經不記得了，等到我察覺出他的心意時，他應該已經喜歡上我很久很久了。

我牽著他的手，因爲我很寂寞。

是啊，從小時候到現在，我依然覺得很寂寞。

如果沒有宇文謙，我會死的。

所以我只能忽視他的愛情，因爲讓我牽起他的手的原因，不是愛情，而是因爲我需要他。

需要一個愛著我、不會拋棄我的，那個寂寞的人。

第二章

宇文謙又不是樟小的學生，爲什麼可以在午休時間進來我們學校的圖書館？等我的腦袋清楚了些後，這個疑問立刻冒了出來，我正想問問圖書館的阿姨，卻瞥見宇文謙從圖書館敞開的窗戶跳了出去，頓時明白他根本就是偷跑進來的。

他蹺課嗎？

從鳳林國小到這裡，就算騎腳踏車也要二十分鐘。

當我回到教室，踏入教室門口的那一瞬間，全班似乎安靜了一下下，又迅速恢復熱絡的交談。我走回自己的座位，打開課本，發現課文全部被立可帶塗過，一條條突兀的白色細帶在課本上縱橫交錯。

「呵呵。」

聽見幾個人的竊笑聲低低響起，我毫不思索就朝那個曾被我說夢到他死掉的男生看過去。

「不要看我，不是我弄的！」他大喊，低垂著頭看向自己的桌面。

「很沒種欸，一杰！」旁邊幾個男生大笑，拍拍他的肩膀。

我的目光轉向笑得最大聲的那幾個女生。

察覺到我的視線，其中一個女生抬起下巴高傲地說：「看屁喔？」

我冷笑，「看妳長得跟屁股一樣。」

「什……！」那個女生漲紅臉，班上男生哄堂大笑。

那些男生根本不管誰是同盟，只要覺得好笑他們就會肆意大笑。

那個女生氣得朝我衝來，對我罵了很多難聽的字眼。即便長大以後回想起來，我仍不免訝異，明明還只是小學生，怎麼就會說出那樣難聽的字眼？

有時候，我們極盡所能傷害別人，只是爲了保護自己。

「妳是沒人要的小孩，連妳媽媽都不要妳，因爲妳很髒、很噁心，沒有人會要妳！」那個女生尖聲咆哮。

見我悶聲不吭，她滿意地露出勝利的表情。

我笑了。

無法克制的大笑，彷彿又重回那天的歇斯底里。

她怎麼會以爲這樣的話還能傷害我？

最痛的不過就是被媽媽遺棄的那一刻，還能有什麼比那更痛？

眾人不約而同往後退了一步，看向我的眼神像是盯著一頭可怖的怪物。

古一杰滿臉恐懼地嚷嚷：「我要去叫老師。」

「繼續吵啊！蘇子毓還能有什麼梗，反正就只會像白痴一樣胡亂發笑！」其他男生叫囂起鬨。

「那麼會講，自己來講啊！」那個罵我的女生雖然臉上閃過一絲恐懼，嘴上卻不甘示弱。

「怕什麼！」一個男生挑釁地用力踢開我的椅子，椅子一歪，撞到旁邊的桌子，發出巨大的聲響。

從走廊上經過的其他班學生忍不住停下腳步，朝我們班教室裡張望，有的人神色慌張，有的人明擺著要看好戲。

「喂，蘇子毓，瘋子就去念瘋子的學校，或是去精神病院，不要在這邊搗亂。」

「對啊！醜女，去死吧！」

那些男生每罵一句就大笑一次，我也跟著他們一起笑，除了成群結隊攻擊別人，他們還會什麼？

反正一旦出事了，他們有父母出頭撐腰，而我呢？我什麼也沒有。

「妳除了會這樣像瘋子一樣狂笑以外，還會什麼？」那個領頭的男生臉色猙獰。

「我還會這樣喔！」我隨手拿起放在桌上的原子筆，毫不猶豫地往自己的左手手腕插去。

手腕上傳來的劇痛，遠遠不及看著眼前那些男孩臉上的表情從囂張轉爲驚嚇來得重要。女生群起尖叫、男生紛紛遠離，我拔開原子筆，手腕的肌膚凹下一個洞，鮮紅的血汩汩流出，在那凹洞凝聚成一處小血窪，鮮血很快從凹洞滿溢了出來，沿著手腕滴下，落在地上開出一朵朵血紅色的花。

「除了手腕以外，我還可以戳別的地方喔！」我手上的原子筆尖端沾滿鮮血，「臉煩怎麼樣？戳出一個酒窩？」

我的瘋狂讓全班陷入恐慌，幾個老師大概是得到哪個學生的通報，急急忙忙衝進教室，一個男老師上前奪下我手中緊握的筆。

我掙扎著還想多說幾句，想向那些剛才囂張得跟什麼一樣，現在卻哭得像是被害者的男女同學們說些什麼。

可是手腕太痛了，我的情緒也太亢奮了，我的眼前突然一片黑暗，瞬間又轉爲刺目的白。

當我再次張開眼睛，白色窗簾在床邊迎風搖曳，我想伸手抓住窗簾，卻怎樣都施不出力。喉嚨乾澀，手腕一陣疼痛，我這才注意到自己的右手被打上了點滴，左手則被紗布密密地包紮起來。

「她到底要給我們惹多少麻煩！」阿姨的怒吼從門外傳來。

「妳小聲一點……」阿嬤壓低聲音，正在安撫阿姨，但起不了什麼作用。

「媽！姊給我們添麻煩，連她女兒也是一個樣，把她送去育幼院，反正我們家附近……」

啪的一聲突然響起，我睜大眼睛，想從床上坐起來，身體卻不聽使喚。

「媽……」雖然門外的走廊上還有其他人的腳步聲和話語聲迴盪，但阿姨顫抖的嗓音依然清楚地傳進我耳裡。

剛剛應該是阿嬤打了她一巴掌，這令我很訝異。

「那種話妳怎麼說得出口？是不是哪天妳嫌我煩了，就會送我去養老院？」阿嬤的聲音很小卻很沉重，我的心被壓得難受。

「媽，我不是那個意思……」阿姨亟欲解釋，卻被阿嬤打斷。

「夠了，別再說了。」虛掩的房門被推開，淡黃色門簾一掀，阿嬤看見躺在病床上睜圓眼睛的我後，明顯一愣。

「子毓，妳……」阿嬤話音停頓了下，才問：「妳好點了嗎？」

什麼是好一點？

如果是手腕會不會痛？那沒有好一點，還是會痛。

如果是心裡會不會不舒服？那倒是不用擔心，我已經沒有任何感覺了。是喜是憂、是苦是酸，我早就分辨不出。

我能感受到只是一片虛無的空白，以及偶爾湧上的怒意。

我面無表情，沒有出聲。

阿嬤輕輕嘆氣，走到我的床邊，目光落在我包裹著紗布的左手上，滿是皺紋的臉流露出不捨，眼眶一紅。

「怎麼傻得去傷害自己？」

「因爲不能傷害別人。」我脫口而出。

聽到這句話的阿嬤更加心疼，淚水終於忍不住滾落。

下午，來了一位戴著眼鏡的女醫生，她坐在我的床邊，輕聲問我睡覺時都夢見了些什麼，態度十分溫柔可親。

我只是盯著她因短髮而格外凸顯的美麗肩頸線條，不發一語。

「妳有想見的人嗎？」她又耐心地問：「像是同學、朋友等等。」

我沒有朋友。

可是此時我的腦海卻浮現出一張男孩的臉，「我想見宇文謙。」

「他是妳班上的同學嗎？」女醫生沉穩地點頭。

「他是鳳林國小的學生，和我們班古一杰是鄰居。」

「妳能幫我寫下他的名字嗎？」她遞給我一張白紙。

「我不知道他的名字怎麼寫。」我搖頭。

「沒關係，我會去問問看，請他過來見妳。」女醫師輕拍我的手臂，給了我承諾。

我不知道爲什麼自己會想見宇文謙，也許是他說的那句話。

一個跟我一樣寂寞的人。

然而，要是他看見我現在這麼狼狽地躺在病床上，他還會覺得自己跟我一樣嗎？

我們才不一樣。

我跟他不一樣，他走在陽光底下，有朋友、有玩伴，他看得見美麗的風景，看得懂艱深的書籍。

而我只會用原子筆傷害自己，只會躺在病床上，只會讓阿姨討厭、讓阿嬤落淚。

我們不一樣，就算一樣寂寞，我們還是不一樣。

我在一片漆黑中狂奔，大雨沾濕我的臉龐，我的雙手朝前方努力伸去，盼望能抓到些什麼，哪怕是一片衣角也好。

媽媽，不要丟下我！

妳不愛我了嗎？

「是、是，七一二號房的蘇子毓，一樣的情況。」

我聽見一個陌生的聲音在我耳邊響起，還有另一個聲音，像是野獸的低吼，又像是樹林中呼嘯的風聲，最後我發現，那個聲音是從我口中發出來的。

我尖叫、哭泣，在病床上打滾，手上的點滴針頭因拉扯而滲血，左手腕的傷口也因劇烈動作而撕裂。

幾個護士七手八腳地按住我，我彷彿看見許多人圍繞在我的病床邊，他們的眼神帶著毫不掩飾的困擾與不悅。

「又是這個孩子啊。」

「又在尖叫了，別人都不用睡了嗎？」

這些聲音是我的錯覺嗎？

還是眞的有人這麼說？

護士將透明液體注射到我的點滴之中，一陣突如其來的放鬆感襲向我，像是海浪一樣，洶湧又迅速地淹沒我全身每一處。

我昏了過去，我知道，因爲我沒見到媽媽，也沒有聽到尖叫。

我不是睡著，是昏了過去。

❖

紙張摩擦的聲音像是鳥兒振翅沙沙作響，我半睜開眼，覺得身體無比沉重，連提起一根手指都覺得費力。眼角餘光瞥見床邊有個人影，定睛一看，是宇文謙，他手中又是拿著一本《讀者文摘》。

「醒了？」他明明沒有從書裡抬頭，卻知道我醒了。

「你來做什麼？」我的聲音乾澀，喉嚨刺痛。

「不是妳找我來的嗎？」他闔上《讀者文摘》放在床尾，對我露出微笑，「沒想到妳居然會自殘。」

「我沒有。」這跟自殘才不一樣。「我是要給班上那些人一點教訓，那些人擁有一切，卻總是輕易說出傷害別人的話。」

「妳覺得被傷害了嗎？」

我緊咬下唇。

「妳才是傷害自己的人吧。」他指指我左手腕處的紗布，「不僅身體，連心理也是，妳讓自己不能好好睡覺。妳有多久沒照過鏡子？」

我沒應聲，他逕自從一旁的抽屜找出一面圓形鏡，我立刻下意識撇過頭，他卻一手擰住我的頭，一手將鏡子抵在我面前，強硬地逼迫我看向鏡子。

我閉起雙眼，死命不肯去看。

他柔聲說：「蘇子毓，看看妳的模樣。」

可能是因爲宇文謙的聲音實在太過空洞、太過痛苦，所以我睜開眼睛，首先注意到的不是鏡子裡那形容憔悴的女孩，而是他的雙眼。

宇文謙的眼神像泥沼一般混濁不明，眼裡那股我分辨不出是什麼的情緒，令我窒息難受。

接著，我才凝神朝鏡子裡的自己看去，雙頰微微凹陷，眼睛底下是深濃的黑眼圈，嘴唇乾裂，面色慘白。

我瞪大了眼睛，有點被自己現在的模樣嚇到。

「我討厭看到女生躺在病床上。」他收回鏡子，「如果不能好好睡覺，好歹吃些東西。」

「……你怎麼做得到？」

「什麼？」

「你說過你和我一樣寂寞，那爲什麼你還有辦法跟別人嬉笑、還有辦法出去玩、還有辦法吃飯？」我雙手揑緊床單。

你應該要跟我一樣生不如死，應該要跟我一樣不知道存在於世界上的意義是什麼。

而且你憑什麼寂寞？你有家人，有朋友，你寂寞什麼？

「因爲我還活著。」他說。

「但我寧願死掉！」我不加思索大聲頂了回去，這樣的言語像是激怒了宇文謙。

他揪住我的衣領，粗聲說道：「妳了解死亡嗎？別輕易把這種話掛在嘴邊！」

「死亡可以讓我忘記痛苦！也可以讓我媽媽回來參加葬禮！這有什麼不好！」我也大聲回話，也跟著揪住他的衣領，完全不顧手背上還插著點滴針頭。

「錯！死亡才是一切的結束，因爲妳永遠再也無法改變什麼，也看不見改變！」宇文謙聲嘶力竭地吼著。

病床邊的布簾被猛然拉開，我以爲會是護士或阿嬤，卻意外發現來人竟是古一杰。

「宇文謙！」見宇文謙和我形容猙獰，手上捧著一只花瓶的古一杰嚇得一動也不敢動。

「不要那麼自私，總是只想到自己的痛苦，卻沒多想想妳身邊那些愛妳的人！」宇文謙完全沒理會古一杰。

「沒有人愛我！同學討厭我、媽媽拋棄我、阿姨嫌我煩……根本沒有人愛我！」

「那妳阿嬤呢？」宇文謙的話刺入我的心，我呆呆地盯著他看。「是妳阿嬤來找我的，她一邊哭一邊要我一定要過來看看妳。只要還有一個人愛妳，妳就必須爲了她活下去！」

我的眼淚控制不住地大量湧出，胸口的酸楚瞬間蔓延開來。其實我知道阿嬤愛我，但唯有認爲自己不被任何人需要、不被任何人所愛，才有辦法憤世嫉俗，才能爲自己的痛苦與偏差找到理由。

我懼怕去愛人。

如果有一天被對方拋棄了，那該怎麼辦？

宇文謙放開我的衣領，站在原地默默看著我。

護士聽見騷動，跑進病房，又想往我的點滴裡注射些什麼，宇文謙企圖阻止，向她解釋我需要大哭一場。護士察覺情緒激動的我開始不住大口喘氣，急忙取來一罐東西湊近我的口鼻，要我用力吸氣。

我淚光婆娑，只見古一杰在一旁瑟瑟發抖，而宇文謙的目光裡帶著一絲絲歉意與更多的堅定。

我不知道自己是什麼時候睡著的，夢中穿著高跟鞋的女人在前方疾步而行，我追著她，哀求她別丟下我。

「不要不愛我，媽媽，不要丟下我，媽媽！」

我追著、哭著，媽媽頭也不回，身影消失在黑夜之中。

我一定是尖叫了，因爲我聽見自己的叫聲，聽見自己因猛力掙扎而讓床板發出嘎吱聲響。

這時，一道強而有力的聲音卻忽然傳來。

「蘇子毓。」

孩。

先是一愣，我四處張望，天空依舊漆黑，媽媽依舊不見蹤影，我身邊卻多了一個男孩。

「蘇子毓，不要哭，站起來。」夢裡的宇文謙，目光還是一樣嚴厲，可是他的身體竟微微發光，爲我這場闇黑一片的夢境帶來微弱的光亮。

他握住我的手，抬起另一隻手爲我擦乾眼淚，輕聲說：「有我在。」

❖

南苑高中雖然升學率排名不高，但校區環境非常有特色，而且占地廣大，許多學生之所以慕名前來就讀，爲的就是這景致優美的校園環境。

校內有不少仿古的中式傳統建築，像是圖書館以及行政大樓等，行走其間有時會讓人感覺彷彿置身於古裝劇的攝影棚。

圖書館與行政大樓中間，有個非常大的長方形鯉魚池，池邊垂柳迎風款擺，池畔設置有十餘座長椅。有座拱型石橋橫跨鯉魚池，走過石橋便能抵達另一棟教學大樓，兩邊還另有兩座木橋，不少學生會站在木橋上低頭欣賞池裡那群活潑的鯉魚。

教學大樓後方是專科教室大樓，磚瓦建造而成的建築前方有座美麗的花園。

「依我們的程度，考上那所學校綽綽有餘。」國三那年，宇文謙聽到我想選擇南苑高中就讀時，便如此大言不慚地說。

「但是，我應該可以選擇更好的高中。」我眼珠轉了一圈，「例如鏡湖。」

「我哥就念鏡湖。」

「嗯，他不是讚不絕口嗎？」

宇文謙皺了皺眉，「可是鏡湖最有名的就只有那座人造湖吧。」

「聽說美得不可思議。」我也聽過這個傳聞，而且鏡湖的升學排名也比南苑高。

「但鏡湖美的也就那座湖，相比之下，南苑整體的校園環境漂亮多了。」宇文謙翻著兩所高中的招生資料相互比較，「況且當小池塘裡的大青蛙，好過當大池塘裡的小青蛙吧！」

「南苑只有鯉魚。」我當然知道他想表達什麼，但還是故意這麼回答。

後來果然如我們預期，我和宇文謙都高分考進了南苑高中，所以現在我們才會站在這裡。

「我看看，我們在五班，教室在眞誠樓。」宇文謙一手牽著我，一手操作手機上網找到分班表，而我則將視線落在走道旁的校園平面圖上。

「怎麼了？」

「之前曾經在網路上看過南苑的平面圖，當時還沒什麼特別感覺，但實際來到這裡，才發現南苑的校區眞的很大。」我轉頭看向前方筆直的道路以及一棟棟校舍大樓。

「感覺可以在校園騎腳踏車了。」宇文謙也忍不住讚歎。

「唷，你們兩個還是黏在一起啊。」

我和宇文謙轉過頭去，只見古一杰手插口袋，面帶微笑地站在後方。

「忘了你也考上南苑。」宇文謙鬆開牽著我的手，捶了古一杰的肩膀一記。

「什麼忘了，我們可是鄰居耶！」古一杰也捶回去。

「古一杰，你哪一班？」我問。

「三班，在眞誠樓。」

「我們是五班。」

「你們居然還被分到同一班啊，眞是太噁心了。」古一杰取笑我們。

「別說傻話了，教室就在附近而已，有空多來找我們玩。」宇文謙一手勾上古一杰的肩膀，兩個人笑鬧著往前走去。

我又瞄了校區平面圖一眼，確認眞誠樓的位置後，才跟上他們。

「不好意思，我忘記帶手機了。」一個男生忽然叫住我，他的頭髮有些凌亂，神態匆忙，「我不知道自己是哪班，可以幫我查一下嗎？」

我看著越走越遠的宇文謙和古一杰，不知怎地，一陣焦慮湧上，很想快步追上去，雙腳卻像是生了根似的無法動彈。

「怎麼了？」宇文謙發現我沒跟上，回過身朝我跑來。

「那個……」我兩手交握，右手的指甲用力戳著左手手指。

宇文謙低頭朝我的手一瞥，握住了我的左手。

「怎麼了？」他的聲音變得柔和，動作輕巧地將我的左手攤開，指腹上已經有了好幾個明顯的指甲凹痕。

「啊……我忘了帶手機，沒辦法查班級，能幫幫我嗎？」那個男生插話，不好意思地笑了笑。

宇文謙看了看他，又看了看我，微微一笑，從口袋裡掏出手機，「當然沒問題，你叫什麼名字？」

「文章的章、容易的易、房仲的仲，章易仲。」男生也笑了笑，臉頰上出現兩個酒窩，我盯著他的臉看，他忍不住摸摸自己的臉，「怎麼了嗎？」

我搖頭，收回視線，緊握宇文謙的手。

「找到了，三班，眞誠樓。」宇文謙回頭對還站在原地等我們過去的古一杰大喊：「一杰，這個人跟你同班！」

「是嗎？那一起去教室吧！」古一杰揮手。

「沒想到馬上就遇到同班同學，眞是太巧了，謝謝你們……呃……」章易仲停頓了下，才問：「你們叫什麼名字？」

「我是宇文謙，她是蘇子毓，五班。」宇文謙落落大方，而我則悶聲不吭。

「非常感謝你們。」章易仲微微躬身，目光落在我身上，「害羞小姐。」

我一愣，更是往宇文謙背後躲。

章易仲見狀，再次笑了笑，「你女朋友挺害羞的啊。」

「她比較怕生，所以請別太欺負她了。」宇文謙微微扯動嘴角。

章易仲點點頭，逕自往古一杰走去，我和宇文謙手牽著手慢慢跟在後頭。

「你爲什麼不否認？」

「否認什麼？」宇文謙裝作不明白我的問題。

「女朋友呀，我又不是你的女朋友。」

「但我們手牽著手，刻意去解釋有誰會信？」他舉起我的手，「還有，妳指甲該剪一剪了，早上妳也用指甲戳膝蓋。」

我緊咬著下唇，想抽開自己的手，宇文謙卻握得更緊。

罷了。

「你可以跟他說我們是青梅竹馬。」

「嗯，青梅竹馬啊。」他似乎若有所思，「這樣說來，妳跟一杰也算得上是青梅竹馬啊！」

「……這樣說好像也算，可是還是不一樣。」我回握他的手，認眞地說：「謙，你是我的救贖。」

宇文謙一愣，隨即莞爾一笑，他的耳根微微泛紅，另一隻手揉了揉我的頭髮，「那妳現在還覺得寂寞嗎？」

「你呢？」我反問。

他抬頭仰望天空，又環視南苑校園一圈，再低頭看向我們十指緊扣的手，最後迎上我的雙眼：「我不是說過了，只要還活著，一切都會改變。」

「你沒回答我的問題，我要清楚的答案！」

「我不寂寞了。」他說。

「我也是。」

我露出滿足的微笑，雖然我說謊了。

我依然覺得寂寞，和宇文謙在一起的時候，那份寂寞會稍稍退去，只是等到我一個人待在房間裡時，那份寂寞又會再度湧上。

不過現在的生活比起過去好太多了，我也變得開心多了。

就跟宇文謙說的一樣，只要活著，一切都會改變。

一年級新生的教室統一安排在眞誠樓，等升上高二分組之後，會打散到忠孝樓與和平樓，而術科班則位於圓夢樓，和普通教學大樓區有一小段距離。

我們在走廊和古一杰、章易仲道別，走進五班的教室。

出乎意料之外，教室裡很是喧鬧歡騰，我以爲一開始大家都會因爲彼此還不熟悉而顯得侷促安靜。宇文謙也挑起了眉毛，顯然也對眼前的情況感到好奇。

「喔，又來了兩個新同學。」一個染著金髮的男孩發現我們站在門口，「喔？手牽著手，是情侶嗎？」

「我們班才剛開學就有班對啦！」另一個挑染著紅髮的男孩接話，他的嘴角邊有顆痣。

我微微皺了皺眉，宇文謙心領神會地鬆開我的手，出聲解釋：「我們不是情侶。」

「不是情侶還牽手啊？高中開學第一天就讓我見識到了男女之間的不可思議。」留著一頭及腰蓬鬆卷髮的女孩轉過頭看了我們一眼，一雙鳳眼的眼尾描繪著細緻的黑色眼線。

「別這麼說，若璃，我們也可以勾肩搭背啊！」紅髮男孩說完就伸手搭上她的肩膀，卻馬上被這位名叫若璃的女孩巴掌伺候，「哇，妳好狠啊！」

「不要隨便碰我，蠢男。」若璃冷著聲音。

一旁的男生們哈哈大笑，「太蠢了，劉尚倫，被嚴若璃打巴掌！」

「打是情罵是愛，有沒有聽過？若璃越打我表示越愛我，她這是傲嬌女王系，你們不懂啦！」劉尚倫一邊說一邊又不怕死的伸手搭上嚴若璃的肩，果不其然，他再次遭受鐵砂掌伺候。

「啊，不要忽略了新同學，你們兩個叫什麼名字？」金髮男想起我和宇文謙的存在，捲起原本拿在手上的新生資料本當成麥克風，遞到我面前。「來，女士優先。」

「呃……」我下意識又往宇文謙身後躲。

「是個怕生的姑娘啊，這可不行，我們要同班三年，所以不能這個樣子啊！」金髮男笑了起來，眼尾有許多紋路。

「誰要跟你同班三年，高二會分組好嗎？」另一位戴眼鏡的黑髮男生插嘴。

「吼，菜頭貴，你不要講話好嗎？」

「不要叫我菜頭貴！我叫蔡宗貴！」黑髮男氣呼呼地埋怨，隨後又補上一句：「你才粥好鹹。」

「啊，正名一下，我叫鄒衙。」金髮男對我們笑得眼睛都瞇起來了。

宇文謙抬起手肘推了我一下，提醒我要自我介紹。眾人的目光都匯集在我身上，這讓我忽然覺得有些暈眩。

想起小學的時候，班上同學也曾這樣圍著我，輪番嘲笑我，讓我失控地陷入歇斯底里，口出惡言。

宇文謙溫暖的手輕輕牽起我的，給我一個帶著鼓勵的微笑，我閉了閉眼，摒除腦中那些不愉快的過去，才緩緩報出自己的名字：「蘇子毓。」

「我是宇文謙。」他對我點點頭表示鼓勵，然後轉向鄒衙自我介紹。

「哈哈，又牽手了，我懂啦，你們是友達以上，戀人未滿，對吧！」鄒衙收回手上的紙捲麥克風。

「就像我和若璃一樣！」劉尙倫仍舊不知死活地伸手搭上嚴若璃的肩膀，這一次換他的腳被狠狠踩下。

「你最好學取教訓……」蔡宗貴瞇著眼睛警告劉尙倫。

我和宇文謙找了兩個相鄰的空位坐下，才發現每個剛踏進教室的同學都會被鄒衙那群人攔下、詢問名字，也多虧了他們，我們班的氣氛才能比其他班熱絡不少。從談話與互動裡，可以得知他們四人畢業於同一所國中。

「還好吧？」宇文謙低聲問。

「嗯。」

「慢慢來吧。」他安慰我。

「嗯。」

我握緊雙拳，深深吸了口氣，再緩緩吐出。

沒有問題的，蘇子毓，加油。

第三章

再度在醫院病房裡醒來，我覺得自己已經快要跟病床融爲一體了。

昨夜的夢雖然依舊令我難受，卻有了很大的不同。

我往病床的右邊看去，一件男生的外套掛在椅子上，簾子恰巧在此時被人拉開，毫無意外，是宇文謙。

「醒了？」

「我昨晚尖叫了嗎？」

「嗯。」他拉過椅子，坐了下來，「不過很快就沒事了。」

「當時你有對我說什麼嗎？」

「我說我在這裡，有我在，沒有人會把妳丟下。」他聳聳肩，「大概就是這樣。」

我蹙起眉頭，「爲什麼要這麼對我？」

他沒有回答，簾子再次被人拉開，阿姨面無表情地看了病床上的我一眼，也許是我的錯覺，她的眼裡似乎流露出一絲擔憂。

「宇文謙，你來很多天了，我送你回去吧。」阿姨說。

「嗯，也好。」他站起來，而我下意識抓住他的衣角。

「啊，沒事，沒什麼。」意識到自己的舉動有多奇怪後，我立刻鬆手。

「好好和阿姨聊聊吧。」宇文謙沒多說什麼，只是拍拍我的手，扭頭對阿姨說：「沒關係，我騎腳踏車回去就好，阿姨就留在這邊陪她吧。」

「我送你吧。」阿姨堅持。

老實說，阿姨的話讓我鬆一口氣，我和阿姨都不擅於和彼此相處。

「但我腳踏車停在醫院，終究得要騎回去，謝謝您，再見。」宇文謙拿起外套往外走，好像突然想到什麼似的又折返回來，走到我床邊，「這個給妳。」

放在我手心的是一罐溫熱的奶茶。

「我不知道妳愛喝什麼，隨便買了一罐，不管怎麼樣，總是會想喝點東西吧。」說完，不等我回答，宇文謙逕自轉身離開。

病房裡只剩下我和阿姨兩個人，氣氛有些尷尬。爲了轉移注意力，我舉起插著點滴的右手想拉開罐裝奶茶的拉環，可是右手卻使不出力氣，被紗布包紮起來的左手就更派不上用場了。

阿姨面無表情地走到床邊，一把從我手中奪過奶茶，輕鬆打開之後，從床頭小桌子的抽屜裡取出一根吸管插進去，再遞回給我。

「謝謝……」我小聲道謝，啜飲了口奶茶。

奶茶的滋味香甜濃醇，溫熱了我的五臟六腑。

「好一點了嗎？」阿姨忽然開口，我整個人抖了一下。

阿姨是在問我嗎？她這是在關心我嗎？

「阿嬤呢？」我太過緊張，導致我的語氣聽起來像是我希望來醫院看我的是阿嬤，而不是阿姨。

阿姨朝我伸出手，我想也沒想便閉上眼睛往後縮。

奇怪的是，阿姨明明從未責打過我，爲什麼我會不由自主地對她的靠近感到害怕呢？

阿姨在我心中的形象向來是高大的、權威的，我知道她並不喜歡我。

所以我下意識認定她做出的一舉一動都是想要傷害我。

見到我的反應，阿姨似乎嘆了口氣，我偷偷張開眼睛，清楚瞥見她眼中的懊悔與不捨。

「妳和姊長得很像，也許我是把我對姊從小到大的所有不滿，都遷怒到妳身上了吧，可妳還這麼小、這麼瘦弱……」阿姨的聲音越來越低，幾不可聞。

阿姨好長一段時間沒有再說話，我一度懷疑她是不是就要哭了，她抿緊了唇，臉頰上彷彿還留有那天阿嬤落下的巴掌印痕。

我握緊手中的奶茶，那股香甜的氣味盈滿鼻間，我怯生生地舉高了奶茶，「要喝嗎？」

阿姨微笑，輕輕搖頭，忽然上前抱住我，在我耳邊低聲啜泣。

「所以妳和阿姨和好了？」

出院前一天，宇文謙和古一杰來看我。嚴格說起來，應該是只有宇文謙來看我，古一杰堅持等在病房外，不肯進來。

宇文謙說，古一杰覺得很奇怪，那個在教室陷入歇斯底里，口出恐怖話語的瘋狂女孩，居然會奄奄一息躺在病床上，他不敢靠近這樣的我，他怕陷入瘋子狀態的我，也怕躺在病床上虛弱的我。

這番理論聽下來，我覺得古一杰才奇怪。

「本來就沒有吵架，能算和好嗎？」我仔細端詳左手腕將要結痂的傷口，「其實我的傷並沒有很嚴重，只是住院住了很長一段時間。」

「因爲妳的精神狀態很糟，也有些營養失調，妳阿嬷和阿姨一度被院方認爲是虐待小孩。」

我咬著下唇，意識到自己給大人添了多大麻煩。

宇文謙可能是爲了想緩和我的罪惡感，指著我的左手問：「會留下疤痕嗎？」

「醫生說可能會有個凹洞。」

「後悔了嗎？」宇文謙笑了笑，「早跟妳說別傷害自己。」

事情都發生了還能怎樣？

「就當作是我手上從此多了個酒窩吧。」我扯了扯嘴角，看向宇文謙，「就像你一樣。」

宇文謙笑起來的時候，兩邊臉頰各會出現一個深深的酒窩，看起來很可愛，讓他的笑多了份貞誠。

他摸摸自己的酒窩，搞笑地將兩根食指戳進酒窩的凹洞裡，「我不是很喜歡呢，妳知道酒窩其實是一種基因缺陷嗎？」

「是嗎？」

「不過還有另一個傳說。」他挑了挑眉。

相傳人在投胎之前，孟婆會在奈何橋上遞過來一碗孟婆湯，飲下後便能忘記今生一切情仇，乾乾淨淨去向來生。

然而有些人卻不願喝下孟婆湯，孟婆只好在這些人身上做記號，再讓他們跳入忘川河中，受水淹火炙折磨千年後，才得以重入輪迴。

轉世後，這些人會帶著酒窩，帶著前世的記憶，尋找前世的戀人。

「不過現實才沒有那麼浪漫，我腦中可沒有什麼前世的記憶呀！」然而宇文謙輕易地打破我的幻想。

「那你哥哥有酒窩嗎？」

宇文謙一愣，「沒有。」

我點點頭，沒想再繼續討論這個話題，「對了，上次那罐奶茶很好喝。」

而且要不是那罐奶茶，也許我和阿姨就沒有機會稍稍改善關係。

果然跟宇文謙說的一樣，只要活著就會改變。

「妳喜歡嗎？」宇文謙從背包中又取出一罐奶茶，「我原本想要自己喝的。」

「你喜歡奶茶？」我問。

他打開拉環，把奶茶遞給我。

我拿起小桌子上的杯子提議：「我們一人一半吧。」

「其實我沒有特別喜歡奶茶，單純販賣機按錯。」宇文謙雖然這麼說，但還是接過我倒在杯子裡的奶茶。

「我喜歡奶茶。」我對他微笑，這大概是我第一次對他微笑。

宇文謙微微瞪大了眼睛，笑得很開心，臉上的酒窩也更深了，「那我眞是買對了。」

我沒有告訴他，是因爲他買給我，我才喜歡的。

如果他那天買的是紅茶或烏龍茶，我應該也會喜歡。

「對了，一杰要我跟妳說對不起。」

「爲什麼要跟我說對不起？」事實上應該是我得跟他說對不起才是。

「他說，是男人就該先道歉。反正他的確也很白目，如果文字可以殺人的話，也許他已經把妳殺了。」宇文謙半開玩笑地說，這讓我覺得更加罪惡。

「若這樣說，我是不是也殺了他？」畢竟當時我對古一杰說出的話更過分。

「嗯，或許吧。」宇文謙臉上的笑意未減，「但言語同時也可以讓人獲得救贖。」

我思索了一會兒，決定當面和古一杰道歉。

「幫我叫他進來，可以嗎？」

「當然沒問題。」彷彿事情的發展完全如宇文謙所料，他一點也不顯訝異。

古一杰被帶了進來，神情緊張，雙手抓著自己的衣襬。宇文謙拍拍他的背，把他朝我推了一步。

「古一杰，對不起。」我率先開口

古一杰慌張地搖頭，「我才該說對不起。」

「是我該說。」

「不，我該說。」

我們兩個誰也不讓誰，聽得宇文謙忍不住笑出聲來，被他的笑聲感染，我和古一杰也相視而笑。病房裡迴盪著清脆的笑聲，我忽然驚覺，這才該是我們這個年紀的孩子所該有的樣子。

宇文謙的視線忽然飄向門口，朝門口微微躬身，「阿嬷。」

古一杰也看過去，往後讓開了些。

阿嬷滿臉不敢置信地看著我，目光盡是欣喜，我覺得有些彆扭，輕輕喚了聲：「阿嬷。」

這似乎是我第一次叫她，阿嬷手中的塑膠袋倏地掉到地上，袋子裡的蘋果滾了出來，宇文謙和古一杰立刻蹲在地上撿拾四處滾動的蘋果。阿嬷走近我的床邊，緊握住我的手，眼眶裡盈滿淚水。

「會笑了、會叫阿嬷了，妳終於會笑了，唉唷，我的寶貝孫。」阿嬷雙臂抱緊了我，她身上有著和阿姨相同的味道，溫暖的味道。

我鼻間一酸，也緊緊擁住阿嬤。

宇文謙把蘋果裝回塑膠袋，放在椅子旁邊，推著古一杰走出病房。

我淚眼矇矓地凝望著他離去的身影，明白了一件事：對我來說，宇文謙就是我的救贖。

向來一片漆黑的夢境，因為有了他，開始染上一層鮮明光亮的色彩。

❖

「喂！球傳過來！」鄒衙在球場上對著劉尚倫大喊。

劉尚倫依言猛力將球往鄒衙擲去，不幸被敵對的宇文謙果斷攔截下來，運球往籃球框的方向跑去。劉尚倫眼明手快立刻回防，沒想到宇文謙卻在原地跳起，奮力一投，一記長射三分球。

「哇，妳男友也太帥了吧！」嚴若璃叫了一聲好，不忘用手肘頂我一下。

我被嚇了一跳，小聲澄清：「他不是我男友。」

嚴若璃翻了個白眼，「喔，我知道，該死的純友誼是吧！少來了！」

「那妳跟那個劉尚倫也……」

我話還沒說完，嚴若璃就擺出一個超不爽的表情。

「我跟那白痴？絕對不可能啦！」她將長長的頭髮往後梳，隨意綁成了包子頭。

爲什麼她說我就可以，我說她就不行呢？眞是雙重標準。

「所以你們是青梅竹馬？」她又問。

我點點頭。

「從幾歲認識的？」

「七歲。」

「我還以爲妳和他從幼稚園就認識了。」嚴若璃喝了一口水，「這樣根本不太算是青梅竹馬吧。」

「我也不知道。」我想起宇文謙也說了，古一杰也算是我的青梅竹馬。

「我跟白痴倫才叫做青梅竹馬，從出生就一起長大，我們兩家的父母在我們出生以前就是朋友。」嚴若璃瞪著球場上的劉尙倫，表情像是在看著一個白痴。

「妳討厭他？」

「不可能討厭呀，只是覺得他很煩。」嚴若璃嘆氣，「這就是青梅竹馬可悲的地方。」

哨音在球場上響起，球賽結束了，最終是宇文謙那隊獲勝，幾個男生魚貫朝我和嚴若璃的方向走來。

「輸了啊！」劉尙倫一屁股坐到嚴若璃旁邊。

「因爲你傳球太遜了。」嚴若璃嘴裡雖然毫不留情，卻還是將運動飲料遞過去給他。

「這都怪鄒銜要我傳球還喊那麼大聲，才會被宇文謙聽到！」劉尚倫抱怨。

「怪我喔！是你沒看見我的暗示，我只好大喊，哪知道宇文謙動作這麼快！」鄒銜大口喝水。

「承讓。」宇文謙似乎對勝負不怎麼為意，看著我問：「怎麼沒去打球？」

「不想打。」我悶悶地答。

「還是要運動一下比較好。」他蹲在我面前，瞥了眼我放在一旁的奶茶，「而且老喝這個會胖的。」

「我就喜歡喝這個。」

「這一點還真是沒變。」他笑著輕敲了我的頭一記。

「咳咳，抱歉，我們幾個還在這裡，你們有發現嗎？」鄒銜一臉鄙夷，「我最受不了天然呆的情侶了。」

「我們不是情侶。」我低聲辯解。

「對，加上這一點就更令人受不了！這些曖昧是怎麼回事？已經夠熱了，別讓我更熱好嗎！」鄒銜邊說邊扭動全身，表示不舒服。

「你要習慣啊，我和若璃也很常放閃！」劉尚倫再次伸手搭上嚴若璃的肩膀。

「熱死了，又臭又黏，滾開！」嚴若璃毫不留情地將劉尚倫推開。

「你還眞是學不會教訓啊。」從剛才就一直不見人影的蔡宗貴忽然從後方出現，冷冷地對著被推開的劉尚倫出聲諷刺。

「你剛剛去哪裡了？要找你打球找不到人。」鄒衙有些不悅。

「圖書館，看書看到忘了時間。」蔡宗貴淡淡地說。

我眼睛一亮，開學這麼久了，一直抽不出時間去圖書館，每天下課都忙著到處造訪南苑校園的每個角落。

我朝宇文謙看過去一眼，他立刻明白我的意思。

「放學後去吧。」他笑著說。

我開心地用力點頭，以前是爲了逃避才去圖書館，後來倒是眞的喜歡上閱讀，有事沒事就會往圖書館跑。

放學後，我和宇文謙從石橋上飛奔而過，穿過鯉魚池，來到圖書館，我的腳步輕快，心中滿是興奮。

圖書館裡非常安靜，空氣裡飄散著淡淡的檜木香味，舉目望去清一色全是木製深色書架，每條走道前方都貼著書籍分類牌，每處都有安放桌椅，有些角落甚至設有小型沙發，是很舒適的閱讀空間。

宇文謙和我將書包放在沙發上，再分頭去找各自有興趣的書。

宇文謙一如往常往文學區走去，而我則朝世界名著區前進，意外發現學校圖書館居然也有一整架童話故事繪本。

我拿起一本小時候常看的童話故事，帶著懷念的心情翻開，看到王子迎接公主的那段劇情，還是覺得很感動。

以前我認爲總有一天，會有個王子前來拯救我，帶給我幸福。

對於現在的我來說，我確實已經被拯救了，只是那個拯救我的人並不是王子。

我從書架後探出頭，宇文謙已經坐回沙發上低頭看書，看他手上那本書的尺寸，想必又是《讀者文摘》。

我輕輕斜靠在書架上，想著宇文謙對我的意義。

我很需要宇文謙，生活裡絕對不能沒有他的存在。他看著我的眼神很溫柔，能包容我的一切，但我認爲自己並無法回報他相同的愛情。

我沒有想到有時候拯救自己的人，並不是自己愛的那個人。

將手上的童話故事放回書架，我轉身想要去找那本我一直很想看的《孤星淚》，卻不小心撞到從我後面走來的某個人。

「對不起！」我立刻道歉，對方手上的書砰的一聲掉在地板上，我彎腰想撿，但對方已經先一步撿起來了。

「沒關係，嗯……妳是蘇子毓是吧！」

我狐疑地抬頭，見到一個和宇文謙一樣，雙頰有著酒窩的男孩。

啊，是開學那天忘了帶手機的人，叫……什麼易的。

「古一杰的同學。」我想不起他的名字，也不打算開口問他。

「忘了我的名字嗎？我叫章易仲。」他倒是熱情地自我介紹，朝書架瞥了眼，目光似乎停在我剛才手裡拿的那本書上，「妳在看童話故事嗎？」

我沒有回答，往後退了一步。

「嘿，妳不要這麼害怕，我又不會咬人。」他兩手一攤，「妳跟男友一起來的吧？」

我搖搖頭，又點點頭。

「又搖頭又點頭，到底是不是？」他又笑了起來。

是不是有酒窩的男孩都比較愛笑呢？

「宇文謙不是我男朋友。」

我丟下這一句話，迅速從書架上抽出《孤星淚》，掉頭小跑步離開。宇文謙聽見我的腳步聲，從書裡抬起頭，我一屁股坐到他旁邊的沙發上。

「在圖書館不要用跑的。」他低聲說，察覺我眉頭緊皺，忍不住問：「怎麼了嗎？」

「我遇見那個人，就是開學第一天忘了帶手機那個。」

宇文謙想了想，恍然大悟，「喔，那個人啊，遇到他又怎麼樣？」

「他跟我打招呼。」

「如果他記得妳，自然就會跟妳打招呼，這有什麼不對嗎？」

「……你明知故問。」我有點賭氣。

宇文謙嘴角勾起：「現在和以前不一樣了，試著敞開心胸吧。」

「……或許是我覺得沒人可以信賴吧。」我自己也有些迷惘。

宇文謙沉默了一下，才說：「妳可以相信別人。」

「我相信你就可以了。」我是真心這麼想。

「啊……」他忽然抬頭往前看，我也順著他的視線看過去，章易仲居然跟了過來，他開心地對宇文謙揮手，快步走來。

「哇……」我低聲驚呼，趕緊拿起手上的《孤星淚》遮住自己的臉。

宇文謙見我這樣反應，無奈地搖頭，逕自對章易仲揮手致意。

「嘿，沒想到我們班級這麼近，卻很難碰上面。」章易仲笑著說。

「可能時機不湊巧，我倒是很常遇見一杰。」宇文謙淡淡地說。

「可能吧。」章易仲聳聳肩，眼神飄向我，「蘇子毓，妳剛才爲什麼要逃？」

「我沒有逃，我只是想看書。」我依舊將臉埋在書本後面。

「可是妳手上的書拿反了。」

經章易仲這麼一說，我才驚覺果眞是這樣，趕緊將書轉正。

「哈哈。」章易仲笑出了聲，圖書館裡的其他人頓時朝他看去，他隨即悄聲說：「剛剛笑太大聲了。」

「下次有機會一起打球吧，找一杰一起。」宇文謙提議。

「好啊，沒問題。」章易仲一口答應，「開學那天很謝謝你們。」

「沒什麼啦。」

「那我先離開了，不打擾你們。」章易仲說完，就朝另一頭走去。

等到章易仲的背影消失在轉角之後，我才鬆了一口氣，放下手裡的書。

宇文謙目不轉睛地盯著我看。

「怎麼了？」我不解。

「妳幹麼這樣躲著他？」

「因爲我覺得他很可怕。」

「但妳跟鄒衙他們幾個已經能正常對話了吧？」

「不一樣啊，鄒衙他……」我的話停在這裡。

宇文謙好像明白我話裡的意思，拍拍我的頭頂。

我深吐一口氣，才繼續把話說完：「鄒衙對我又沒興趣。」

我沒有辦法跟對我有興趣的男孩子自然相處，不管那份「興趣」是什麼，友情、愛情或是好奇都一樣，我無法跟這樣的異性相處。

然而，只要對方有意中人，或是態度明顯表現出對我毫不在意的樣子，那麼我便能與對方自然相處。我想這是國小那時留下來的後遺症吧，當年班上有太多同學的眼睛老是放在我身上，我不喜歡引人注目。

爲此古一杰也很覺得抱歉，他曾經爲了他年幼時的不懂事而向我道歉過好幾次，我總回他說沒什麼，而且眞的也沒什麼，誰不會犯錯？

至於這個後遺症，只有宇文謙一個人知道，我並不打算告訴其他人。

「鄒衙他對嚴若璃比較有興趣吧。」宇文謙說，我點頭贊同。

其實鄒衙的心思並沒有表現得很明顯，但我們就是能看出來，他對嚴若璃那若有似無的關心，透露了一絲玄機。

相較之下，蔡宗貴雖然很在乎劉尙倫和嚴若璃的互動，然而他並未對嚴若璃懷有特殊的情意。

爲什麼我們會知道？

直覺，一種沒有根據也難以解釋的直覺。

「所以妳覺得章易仲對妳有興趣？」宇文謙調整坐姿，翻了一頁書。

「我覺得是這樣。」雖然這麼說好像有點自作多情。

「也許他只是想跟妳做朋友。」宇文謙一笑，「拓展人際關係之類的。」

「不要，我不需要其他朋友。」

宇文謙有些莫可奈何地望了我一眼，卻沒再多說什麼，我們有默契地各自埋首書中。

我不喜歡章易仲還有另一個原因：他笑起來嘴角邊的兩個酒窩，會讓我覺得他是山寨版的宇文謙。雖然章易仲和宇文謙長得完全不像，可是酒窩就像是宇文謙的正字標誌一樣，在另一個人臉上看見酒窩，感覺很奇怪。

況且我心中一直掛念那則關於酒窩的傳說，雖然宇文謙說那是無稽之談，但我依然想要相信。

所以，我不想在其他想要親近我的男生臉上看到酒窩。

「好了啦，別煩惱太多。」宇文謙的手溫柔地覆上我的頭頂。

我輕應了聲，嘴角漾起微笑。

回家的路上，宇文謙背著我的書包走在前方，轉過頭問我：「今天要不要去哪裡晃晃再回家？」

「又是公園嗎？」我反問，宇文謙露出掃興的表情。

「幹麼破我的梗呢？不覺得那裡很漂亮嗎？那麼多美麗的花花草草呢。」他故意這麼說。

「是很漂亮，可是我們每天都會經過那裡耶。」

宇文謙大笑，朝我伸出手，掌心朝上，我將自己的手搭上去。

他掛著好看的微笑，握緊我的手，與我並肩走著。

「不然去吃點什麼吧。」他提議。

「我想吃蛋糕！」我立刻雙眼發光。

「好，我知道，越甜越好，是吧。」他失笑，寵溺地看著我。

「還要奶茶！」我喜歡他用那樣的眼神看我，雖然有時會令我感覺無法呼吸或心頭沉重。

但我喜歡宇文謙對我微笑。

我喜歡奶茶，是因爲宇文謙。

喜歡甜食，也是因爲他，因爲那是在我最脆弱的時候，他所遞給我的第一份食物。

從此，只要吃著這些東西，便會讓我想起當時的痛苦與溫暖，時時提醒我自己，痛苦和溫暖是可以並存的。

只要活著就有改變的機會，事情不會一直糟糕下去，一定會好轉的。

最後我們還是坐在公園的長椅上，聽著鳥鳴與人群嬉鬧聲，搭配美麗夕陽與陣陣花香，喝著奶茶，吃著甜得要命的蛋糕和甜甜圈。

夕陽落下，宇文謙習慣會先送我回家，等到我站在家裡陽台探頭和他揮手道別後，他才會露出笑容離開。

日復一日，年復一年，從來沒有變過。

我目送著他逐漸遠去的背影，直到再也看不清，才拿出手機傳訊息告訴阿姨我到家了。

然後，進到屋內，將書包放在客廳的地板上，走向神明桌燃起一柱香，對著神龕上阿嬤的照片說：「阿嬤，我回來了。」

第四章

在宇文謙面前大哭過那麼多次，還曾經幾度失控，讓我每次再見到他，總覺得心裡怪怪的，無法坦蕩。

然而當時的我才只是小學生，這種彆扭的情緒其實不會持續太久，加上宇文謙常會三不五時突然出現，久而久之，我似乎也漸漸習慣了他的存在，和他相處也變得自然許多。

「妳現在睡覺還會作惡夢嗎？」宇文謙翻著《讀者文摘》，漫不經心地問。

「你知道我夢境的內容嗎？」

他聳聳肩，「內容並不重要，重要的是妳還會持續作同一個惡夢嗎？」

「最近沒有。」自從我和阿姨、阿嬤的關係改善以後，那個夢便不再重複降臨在每一個深夜裡。

可是偶爾，很偶爾，當我躺在床上時，莫名會湧上一股失落，然後我會緊張地從床上爬起來，偷偷去查看阿姨或阿嬤在不在家，我怕自己又會是一個人。

「妳現在氣色好多了。」宇文謙微笑。

「因爲睡得比較好，吃的也比較多。」手上的書翻到最後一頁，結局依舊是王子和公主從此過著幸福快樂的日子。

宇文謙瞄了一眼我手上的童話繪本，「既然已經不會再作惡夢，爲什麼午休時間還要來圖書館？難道妳眞的那麼喜歡看童話故事？」

「這個問題我才想問你，你明明不是我們學校的學生，爲什麼老是會過來這裡？而且還是午休時間？」

「因爲我們學校的圖書館藏書不多，跟你們學校比差多了，所以我當然會想過來。」他說得很理所當然，還晃了晃手上那本《讀者文摘》。

「所以你是蹺課？」

「反正我又不睡覺，就中午這段時間而已。」

我斜眼看他，「你不怕老師跟你爸媽告狀？」

短短一瞬，我發現宇文謙的神情一僵，拿著書的手似乎微微顫抖。

他的笑容有些勉強：「不會。」

「是嗎？」

「是啊。」他繼續低頭看書，卻久久沒有翻頁。

自從我拿原子筆戳傷自己的手腕之後，班上同學都選擇與我保持距離，深怕一不小心又踩到我哪條瘋狂的神經，我傷害自己事小，深怕如果哪天我還傷害了他們，那該怎麼辦？

所以他們待我客套而生疏，只有古一杰偶爾會來跟我說話。

「你不用出於內疚來找我，這樣反而會讓你在班上難做人，實在得不償失。」某堂課的小考結束後，當古一杰刻意關心地問我考得如何時，我這麼告訴他。

「我並沒有……」他因爲被我說中了心事而耳根泛紅。

「沒關係，謝謝你。」

「因爲宇文謙要我多照顧妳……我是希望班上同學可以解開對妳的誤會。」

「喔，不用了，我覺得現在這樣很好。」我婉拒他的好意，「你才該要多關心宇文謙，他中午老是蹺課跑來我們學校的圖書館，這樣他爸媽不會……」

「等一下，妳不知道嗎？」古一杰神情古怪，打斷我的話。

「知道什麼？」我有些莫名其妙。

「宇文謙沒跟妳提過？」他一臉訝異，「妳有跟宇文謙說過這些話嗎？」

「什麼話？」我完全不明白他的意思。

「就是爸媽什麼的。」

「有啊，我前幾天才問過他，他說他爸媽不會管他。」我回。

古一杰神態凝重，左右張望了下，壓低聲音說：「宇文謙住在我家附近，妳知道吧。」

我點點頭。

古一杰接著說：「我家附近……是育幼院。」

我猛地睜大眼睛，不敢相信自己的耳朵，「你的意思是宇文謙他……」

「聽說他父母是私奔成婚，後來出了一場意外，他爸當場身亡，不過他媽好像在病床上撐了很久才過世，所以宇文謙不太喜歡去醫院。之前他願意去醫院探望妳這麼多次，我覺得很驚訝。」古一杰皺起眉頭，「他父母雙方的親戚都不願意收養他，所以社會局將他安置在育幼院。」

「可是宇文謙說過他有哥哥……」他說他哥哥喜歡看《讀者文摘》，也說過他哥哥沒有酒窩。

「那是育幼院裡的哥哥，他把育幼院的同伴都視為兄弟姊妹，其中有兩個和他同年，叫阿太跟凱翔，他們三個時常玩在一起。」

我腦袋裡不斷嗡嗡作響。

宇文謙面對我的時候，他心裡是怎麼想的？

我一直認為自己很可憐，認為自己是最寂寞的人，認為所有人都不理解我的痛苦。

所以當古一杰嘲笑我的時候，我用可怖的話語攻擊他。

當另一個男生對我惡言相向的時候，我傷害自己來嚇唬他。

當深愛我的阿嬤為我流著眼淚去找宇文謙的時候、當阿姨不喜歡我卻還是讓我有得吃有得穿的時候、當我認為媽媽拋棄我是天大不幸的時候、當我居然對宇文謙大喊「我寧願死掉」的時候——

「死亡才是一切的結束，因為妳永遠也無法改變，也看不見改變！」

我的眼淚大顆大顆滴落，爲自己的無知無覺感到可恥，我以爲自己最可憐，將自己的悲傷無限放大，卻從來沒注意過宇文謙心中的悲傷。

「我很寂寞。所以，我一直在找一個跟我一樣寂寞的人。」

「蘇子毓，妳幹麼哭啊！我說錯什麼了嗎？」古一杰慌亂起來，手伸進口袋想找衛生紙，整個口袋都翻了出來卻只掏出一把零錢。

「沒有，你沒有說錯什麼，是我的問題。」我抬起手背擦掉眼淚。

恰巧午休時間的鐘聲響起，我立刻拔腿就往圖書館跑。

「蘇子毓，妳今天也要去圖書館？」古一杰在我後頭喊。

我沒理會古一杰，一路狂奔，用最快的速度衝到圖書館，用力推開厚重的玻璃門，立刻往老地方快步走去，宇文謙總是會待在這個窗台看書。

我握緊雙拳，咬著下唇，努力想要平息自己急促的呼吸，卻徒勞無功，胸口像是吸不到氣一樣，急急地喘息著，額頭上的冷汗不斷冒出來。

窗戶輕輕被開啓了一條縫，宇文謙出現在窗外。

「哇，嚇我一跳，妳在這邊幹麼？」他滿臉訝異。

我等不及他進來，直接跳上窗台，整個人朝站在窗外的他撲過去。

「哇！哇哇！」宇文謙大叫，我們兩個就這樣相擁著往後倒。

幸虧圖書館的窗台外是一處花圃，我們倒在柔軟的泥土上。被我壓在底下的宇文謙哀叫了幾聲，語氣含笑地埋怨：「妳幹什麼啦，很危險耶！」

我半撐起身體，一看向他的眼睛就忍不住哭出來，眼淚落在他的臉上，他的笑容頓時一僵，我的淚水先是凝聚在他的酒窩凹陷處，隨即滑落而下。

「怎麼了？發生什麼事了嗎？」他緊張地抓著我的手腕，坐起身體。

「沒有，對不起，我只是很想跟你說對不起！」我止不住眼淚，雙手緊抓著他胸前的運動服，哽咽著聲音說：「我不會再說死掉比較好這種話了，絕對不會了。」

宇文謙好似了然於心，忽然抱緊了我，像是溺水的人抓住了一片浮木。

對於他突如其來的擁抱，我感到很驚訝，但還來不及深思，我已經回抱住他，不管不顧地放聲大哭。

這麼一鬧，不僅惹來圖書館阿姨的關注，連理應在教室午睡的學生也被我的哭聲引了出來，圍在一旁竊竊私語。

於是發瘋女孩蘇子毓和外校男孩抱在一起大哭的事，便成了全校茶餘飯後的八卦話題，然而這些流言蜚語早就對我構不成任何殺傷力，我在乎的只有緊抱著我、身體卻微微顫抖的宇文謙。

經過這件事情以後，我和宇文謙之間的關係似乎又更拉近了不少，我們比其他人都了解彼此藏在心底的傷痛。

我覺得我們改變了彼此。

就在我認爲生活裡的一切都已經好轉的時候，一場意外發生了。

我記得那天是星期日，天空陰陰的，彷彿隨時都有可能降下傾盆大雨。阿姨要我幫忙去頂樓收衣服，於是我便跟著阿姨一起把衣服收下來，堆放在客廳的沙發上。

「妳去叫阿嬤，她該起來了。」阿姨朝時鐘一瞥。

阿嬤中午習慣午睡，但多半只是小睡一個小時就會醒來。

「她今天睡比較久呢。」阿姨喃喃自語。

我正準備走進阿嬤的房間時，忽然停下腳步。

自從我住院那次阿嬤跟阿姨大吵一架後，她們兩人的相處就不再像從前那麼自然，雖然還是會說話、聊天，不過就是感覺有了一層隔閡。

「阿姨，妳跟阿嬤是因爲我的關係……」我轉頭看向阿姨。

「這不關妳小孩子的事。」阿姨下意識脫口而出。

聽到這句話，我覺得很訝異。

以前阿姨總宣稱這一切種種全是我引起的麻煩，而今她卻不假思索地說了這句話。

我的嘴角忍不住泛起一朵小小的微笑，果然活著就會看見改變。

「晚餐我想吃火鍋，附近新開了一間火鍋店。」我立刻興致勃勃地提議，「之前阿嬤也說她想吃吃看！」

阿姨先是皺眉，在注意到我發亮的眼睛，接收到我話裡沒有直接言說的訊息後，她揚起一抹拿我沒輒的微笑。

雖然我已經記不太清楚媽媽的模樣，但阿姨此刻的微笑，似乎和媽媽有些相似。媽媽是否也曾這麼溫柔地對我微笑？

「那快去叫阿嬤起來吧，我們晚上就去新開的火鍋店吃飯。」阿姨坐在沙發上，開始摺衣服。

見到阿姨表情變得神清氣爽，我也跟著心頭一鬆，往阿嬤的房間走去。

輕輕推開門，阿嬤躺在床上，仍舊沒有醒來。夕陽把房間被染成一片金黃，我喊了聲阿嬤，但阿嬤不為所動，於是我走近床邊，伸手推了推她。

「阿嬤，阿姨說要去吃飯了。」我說。

「唉唷，幾點啦？」阿嬤張開眼睛。

「已經五點多了，阿嬤妳今天睡了好久。」我打開窗戶，想讓傍晚的風吹拂進來，阿嬤從床上坐起來穿拖鞋。「阿姨說要去吃那間新開的火鍋店，阿嬤之前不是很想去嗎？」

「喔……火鍋。」阿嬤站起來，忽然又坐了下來。

「阿嬤，妳怎麼了？」

「頭有點暈。」阿嬤笑了笑，我趕緊走到阿嬤身邊。

在我的攙扶之下，阿嬤再次站起來，卻突然重重往後一仰，整個人摔在床上。

「阿嬤！」我大叫，連忙俯身輕拍阿嬤的臉頰，「阿嬤？妳沒事吧？」

「怎麼了？」聽到聲響的阿姨衝進房裡。

我驚慌地說：「阿嬤好像暈倒了！」

「怎麼會這樣？」阿姨臉色發白，確認過阿嬤的呼吸與脈搏後，衝著我大喊：「快去叫救護車！」

我頓時嚇傻了，呆站在原地，阿姨又對我吼了一聲，我才匆匆跑向電話，拿起話筒，控制不住顫抖，手指好幾次按錯鍵。

等待救護車的時間每一秒都像永遠，我的眼淚接連湧出，阿姨神色倉皇，不發一語。我們不敢移動阿嬤，只能不斷呼喊著她，希望能喚醒她的意識，阿姨不停替阿嬤進行CPR，直到救護人員接手，將阿嬤送去醫院。

人的生命如此脆弱，意外總是來得如此突然，這些事都是在這一刻我才明白。

明明阿嬤前一秒才正在和我說話，下一秒就昏倒在床。

明明阿姨如此努力想幫助阿嬤恢復意識，明明救護人員也用很快的速度趕到醫院，爲什麼奶奶現在卻依然昏迷不醒躺在病床上呢？

這時，我才明白當年自己躺在病床上時，看在阿嬤和阿姨眼裡有多心痛。

爲什麼醫生會說他已經盡最大的努力了呢？阿嬤明明沒有醒過來啊！

「嗚……嗚嗚嗚……媽……媽啊！」阿姨哭得聲嘶力竭。

我的眼淚也大顆大顆滴落，阿姨和阿嬤還沒有和好啊！

活著才有機會改變，死了就真的什麼都沒有了啊！

和多年前去世的阿公一樣，阿嬤的遺體經火化後，便由我們將骨灰灑入土裡。

阿姨說，阿公和阿嬤都認爲若是選擇土葬，幾年後還必須開棺撿骨，多此一舉，不如就讓他們直接成爲植物的養分，讓植物得以開出美麗的花朵，也讓他們用另一種方式活著。

「像他們那一輩的人，能有這樣的想法其實很不容易。」阿姨邊灑骨灰邊說，她的面色憔悴，嘴角的笑容十分勉強。

我握住阿姨正灑著骨灰的手，阿姨先是一愣，接著將手裡的白色粉末放入我的掌心，換她握住我的手，一同將骨灰灑進公園的花圃裡，這裡是阿嬤和阿公初次見面的地方。

骨灰冰冰涼涼的，摸起來有些刺刺的，像是砂粒般凹凸不平，有些割手，明明前幾天還溫柔呵護著我的阿嬤，如今卻成了躺在我手掌中的細砂。

我哭不出來，卻難受得無法呼吸。

「人家都說手足是父母給子女最好的禮物，但這種時候，我卻找不到妳媽媽。」阿姨喃喃說著。

我知道她並不是在責怪我，但我卻感到無比心虛。

一陣急促的腳步聲由遠而近而來，宇文謙喘著氣出現，他走到我身旁，對著阿姨行禮，然後蹲了下來，什麼話也沒說，就這樣靜靜看著我們將骨灰全數灑進花圃之中。

而後，阿姨先行離開，我和宇文謙則留在公園。

宇文謙拉住我的手，我的手上還沾有些許骨灰，所以我下意識就想掙脫，但宇文謙的手卻握得老緊。

「我知道妳很愛阿嬤，阿嬤也很愛妳。」他一開口，我便忍不住淚崩。

在阿姨面前我不敢大哭，因爲她比我更難受。阿姨連和阿嬤合好的機會都沒有，我想她這一輩子都無法對此釋懷。

宇文謙緊緊抱住我，任憑我的眼淚沾濕他胸前的衣服。

「醫生說、說是腦溢血，很突然的、就這樣突然阿嬤就不見了，活著、活著才能改變啊……」我也緊緊抱著他，放聲大哭。

「有我在，我永遠都會在！」宇文謙在我耳邊說：「不管發生什麼事，我都會在。」

「永遠不會離開我？」

「永遠不會離開妳。」他說。

帶點天眞的話語，卻是最眞心的承諾。

在那場糾纏我已久的夢境裡，媽媽離去的背影已經逐漸模糊，取而代之的是宇文謙的臉，他溫柔地笑著對我承諾永遠。

夕陽西下，我們牽手穿過公園回家，影子被夕陽拉得老長，從影子看起來我們不像小孩，儼然已經是大人了。

宇文謙買了灑滿糖粉的甜甜圈給我，眼淚明明很鹹，糖粉的甜膩卻蓋過了那些酸澀，稍微紓解了我的悲傷。

我吃著甜甜圈，腦袋卻控制不住地往最不好的方向去想。

「阿嬤不在了，我會不會也要跟著離開？」

「妳是擔心妳跟阿姨無法再繼續住在同一個屋簷下嗎？」

我點點頭，阿姨本來就不太喜歡我，雖然後來我們相處得還算不錯，但阿姨多少也是因爲看在阿嬤的份上才待我好。既然阿嬤已經不在了，阿姨會不會想要將我送走？

「不會的，妳已經是阿姨唯一的親人了。」宇文謙握緊我的手。

「是這樣嗎？」我有些不安。

「當然。」他對我伸直了右手的食指與拇指，比出了L的手勢，要我也比出同樣的手勢。

雖然不懂爲什麼，但我也跟著伸直了左手的食指與拇指。

「反過來。」宇文謙又吩咐。

我照宇文謙說的將手勢轉向，接著他將他的拇指抵住了我的食指、食指抵住了我的拇指，四根指頭合成了一個「口」字。

「這個呢，就是一個空間，或是相機鏡頭，不管是什麼都好，總之就是代表只要我們兩個在一起，就會是一個完整的、堅固的家，只要我們在一起，就永遠不會寂寞，永遠不會害怕。」

我低頭看著我們兩人合成的「口」字，眼淚奪眶而出，用力點頭。有你，就有我。

我們再也不寂寞，我們是彼此的家人、彼此的依靠。

❖

雖然我和宇文謙就讀於不同國小，國中倒是同一個學區，就住在宇文謙家隔壁的古一杰，理所當然也跟我們同校。

每天一早，宇文謙便會來到我家樓下，和我一起去上學，偶爾古一杰也會出現，但大多時候我和古一杰沒什麼話聊，都是宇文謙走在我們中間。

國中的制服上衣是漂亮的水藍色，雖然別人都說藍色是憂鬱的顏色，但我覺得這是天空與海洋的顏色，讓人覺得心曠神怡。

「你們註冊臉書了沒？」古一杰邊滑手機邊問。

「我們連手機都沒有。」宇文謙聳聳肩。

「最近臉書好像很紅，好多人在用。」我想起班上的同學老是在互問帳號。

「註冊一下，還滿有趣的，有很多遊戲可以玩。」古一杰將他的手機螢幕轉向我們，這個以藍白色系爲主要基調的網頁有哪裡有趣，我無法理解。

「加入臉書有什麼好處嗎？」宇文謙問。

「可以交到很多朋友。」古一杰回。

「在學校不就可以交朋友了？」宇文謙不解。

「不一樣啊，在學校你了不起認識隔壁班的同學或幾個社團裡的學長姊，透過臉書可是有機會認識超過全校半數以上的人喔！」古一杰眼睛發亮。

「那又怎樣？」我皺起眉頭。

「很厲害啊！可以認識很多人耶！」古一杰不服氣。

「但是那些人眞的可以成爲我們的朋友嗎？」宇文謙覺得有些好笑。

「呃……算了，我不想跟你們講了，只是推薦一個有趣的社群平台而已。」古一杰腦羞成怒，扭頭往前邁步，我和宇文謙相視而笑。

不過我們確實也都對這個社群平台產生了興趣，就在我們滿十四歲的那年，阿姨送了我們兩個一人一支手機。

宇文謙頻頻婉拒，但阿姨的態度很堅決。

「我眞的很希望你能收下。」阿姨握住宇文謙的手。

「但這太貴重……」宇文謙神色爲難。

「這支手機沒有多少錢。況且你們以後還得自己想辦法繳電話費，所以我其實是塞了個麻煩給你們。」阿姨笑了笑。

「你就收下吧。」我說。

這些年來宇文謙給我的早就遠超過這支手機的價值，而我卻什麼也給不了他。

「這樣子以後我要找你們就更方便了，這也算是換一種方式掌控你們的行蹤吧。」阿姨爲了讓宇文謙沒有心理負擔，故意這麼說。

我和宇文謙都明白，阿姨要表達的其實是對他的感謝。

所以我和宇文謙同時擁有了人生第一支手機，古一杰強烈建議我們應該立即申辦臉書帳號，在他三催四請之下，我和宇文謙都開了一個帳號。

「這感覺還眞奇怪。」宇文謙看著寫有他名字的網頁，又轉頭看了看我的手機螢幕，「明明我們每天都見得到面，幹麼還要在虛擬世界裡互動？」

我聳聳肩，「也許臉書有其他的必要性吧。」

是否眞有其必要性，我們其實並不能確定，不過很快地，我們都發現了臉書的有趣之處，連平常不太跟人交流的我，在臉書上居然也有了將近兩百個朋友。

宇文謙更不用說了，他擁有的好友數目是我的兩倍。

「怎麼會這樣？你對所有的交友邀請都來者不拒嗎？」古一杰瞠目結舌。

「可以按拒絕嗎？我想說好像每個發出交友邀請的帳號看起來都有點眼熟。」宇文謙說了那些主動提出交友邀請的人，有些是社團學妹，有些是打球認識的學長，有些則是到外地念書或生活的育幼院兄弟姊妹，當然也有些是同校卻不認識的人。

「帥哥就是不一樣。」古一杰滿臉欣羨，而我瞪了他一眼。

「幹麼？」古一杰不解地看著我。

「你那樣講話很討厭。」我說。

「好啦，我錯了，我不應該這樣調侃妳男友。」結果古一杰說出更討人厭的話。

「你！」我抬手想要打他，古一杰卻嘻嘻哈哈笑著往後竄逃，我回過頭正想要宇文謙出馬教訓古一杰，卻發現宇文謙的表情有些怪異。

「你怎麼了？」

宇文謙不發一語凝視著我好一會兒後，才搖搖頭說：「沒什麼。」

他朝我伸出手，我牽上他的手，指尖碰觸到他的那一瞬間，宇文謙的手微微一顫，但他很快握緊我的手。

「你們兩個到現在還會手牽手走在一起，再說你們之間沒什麼，別人不會信的。」古一杰大聲朝我們喊。

「我們之間能有什麼？」我轉頭問宇文謙，「別人不明白我們的過去，所以才會亂說話。」

宇文謙神色複雜，露出一個似乎有些勉強的笑容，「沒錯，我們說好了會永遠陪伴彼此，那是別人無法了解的。」

連和我們一起長大的古一杰都無法理解了，其他人又怎麼有辦法呢？

所以當流言開始出現的時候，我們並不在意，反正就跟小學一樣，大家總是會亂傳哪個男生愛哪個女生之類的緋聞，只要置之不理，這類流言多半很快就會消失不見。

班上有個男生叫做李子延，他平時和我在學校鮮少互動，只是互加了臉書。某天，當我在臉書上貼了一張在公園欣賞夕陽的照片後，他忽然回了一句：「我也正在這裡耶！」

過沒多久，李子延便跑過來找我。這時我才體會到臉書的可怕，李子延居然根據一張照片，就知道可以在哪裡找到我，而且如果不是我在臉書上貼了這張照片，李子延又怎麼會知道此刻他和我正巧都在公園呢？

明明李子延和我平常在學校根本就不會聊天，卻因爲這意外的相遇而聊了幾句。

「大家都在傳妳跟宇文謙是男女朋友，是眞的嗎？」他忽然冒冒失失地問了一句，又朝附近東張西望，「宇文謙今天沒跟妳一起？」

「他社團有事。」

「是喔，你們總是形影不離耶。」李子延又說。

總覺得他像是在打探什麼，令我不太舒服。

「我們是很好的朋友。」我禮貌地回應，雖然朋友二字不足以解釋我和宇文謙的關係，但我並不想對李子延多說。

「嗯，那就好，這樣表示我還有機會。」

「什麼？」

「機會啊，就是妳理解的那個意思。我也是樟小畢業的，聽過妳一些傳聞。」

瞬間我的防衛之心大起，整個人往後退了一大步。

李子延兩手一攤：「拜託，別這樣子好嗎？那都多久以前的事了，我知道的只是宇文謙從那時候起就已經每天跟妳同進同出。」

「我要回去了。」我轉身想要離開，李子延卻一個箭步擋到我面前。

「等一下，是我的說法不好，妳不要這樣啦！」他雖然話裡是說自己不對，臉上卻沒有絲毫歉意，仍舊帶著笑容。

這讓我想起了國小那時，當別人用玩笑的語氣來探問我關於媽媽的事情時，他們臉上就是掛著這樣的笑容。

我明白他們其實並不想傷害我，只是覺得好奇，然而這樣的好奇卻參雜著惡意，這樣的笑容著實傷到了我。

「不、不要，走開！走開！」我顫抖著聲音大喊。

「怎麼了？我說錯什麼了嗎？」李子延不明所以，慌張地朝我走近。

這讓我更害怕，我覺得全身發冷，眼前一片黑暗，幾乎快要站不穩腳步。

「蘇子毓！」宇文謙的聲音出現在我的身後，他從我身後抱住了我，李子延一愣。

「你做了什麼？」宇文謙惡狠狠地質問他。

「我什麼也沒做啊！」李子延滿臉莫名其妙，「我只是說了我和她念同一所國小而已！」

宇文謙眉頭緊皺，瞥了一眼我發白的臉，不客氣地對李子延說：「滾開，不要來煩她。」

這下子李子延也不高興了，「是怎樣？你又不是她男朋友，會不會管太多？」

「這跟我是不是她男朋友沒有關係。」

李子延很不爽，出手推了宇文謙一下，「反正是我惹她生氣，要道歉也該由我來向她道歉，不關你的事！」

說完，李子延就要伸手朝我抓來，我嚇得尖叫，腦中浮現的畫面全是當年拿原子筆瘋狂戳著手腕的自己。

我轉身緊緊攀住宇文謙的手臂，全身顫抖，而宇文謙抱住我，再次冷冷地對李子延說：「你可以離開了。」

我看不見李子延的表情，只聽見他說：「你們眞是神經病！」

不會有人可以理解我的陰影，不會有人可以了解我和宇文謙的羈絆，所以，我們不需要在意別人怎麼說。

宇文謙輕拍著我的背：「別怕了，有我在。」

像是安撫一個小孩一樣，他的手在我的背上輕拍，耐心地不斷重複這句話，直到我的顫抖漸漸停下，他對我比出L的手勢：「蘇子毓，忘了這是什麼嗎？」

我眼眶泛淚，伸出一隻手，用食指抵住他的拇指、拇指則貼在他的食指上，「這是我們最堅固的堡壘。」

「在這裡沒有人可以傷害妳，包含妳的心，知道嗎？」他的聲音軟甜，看著我的眼神已經和以往不同。

我用力點頭，再次緊緊抱著他。

我曾經聽阿姨在和別人講電話的時候提起過一個詞，叫做「創傷後壓力症候群」，主要症狀包括做惡夢、失眠、容易受驚嚇、情感解離等。

我花了好長一段時間才會意過來，阿姨在和別人討論關於我的事，也許媽媽拋下我這件事，已經成了我潛意識裡根深蒂固的恐懼，於是我有著強烈的不安全感，只要感受到「現況」即將被摧毀，便會做出奇怪的行爲。

阿姨曾帶我去見之前那個女醫生幾次，過程沒什麼特別，女醫生會要我和她一起坐在沙發上聊天，她手上拿著一塊板子，偶爾在上面寫下幾行字。

「關於妳的媽媽，妳還記得些什麼？」

「我不記得媽媽的事了。」

「一點記憶也沒有？」

我搖頭，自從認識宇文謙後，就連那個糾纏我已久的惡夢也逐漸模糊了。

女醫生拿筆在板子上畫了一個記號。

「那現在，妳最常想起什麼事？」她又問。

「我有時候會想起阿嬤，然後會想起阿姨哭泣的臉。」我停頓了一下，才又說：「然後就是宇文謙了。」

「宇文謙是嗎？」女醫生點點頭，「他什麼地方讓妳印象最深呢？」

我想了想，「他的體溫跟笑臉。」

「體溫？」女醫生挑了挑眉。

「在我難過的時候他會緊緊抱住我，我覺得很溫暖。」

「那你們現在是好朋友嗎？」

我點點頭。

「子毓，答應我，偶爾有空就來這裡和我聊聊天，可以嗎？」她放下手上的板子，雙眼定定地看著我。

「爲什麼我要過來醫院？我生病了嗎？」

「不是生病，只是妳需要跟人聊聊天。」

「我跟宇文謙也可以聊天。」我有些不自在，抓了一撮自己的長髮纏繞在手指上，「我不喜歡來醫院。」

「來醫院會讓妳覺得困擾？」女醫生沒有生氣，語氣依舊溫柔。

「會讓我覺得自己是神經病。」我老實回答。

「不是這樣的。」女醫生輕輕嘆了口氣，「那麼答應我一件事，如果妳有任何不高興或是不舒服的事，就要告訴宇文謙；如果哪天妳有了無法跟宇文謙述說的事，就一定要過來找我聊聊，可以嗎？」

「我不會有什麼事不能跟宇文謙說。」

「只是假設而已，只要答應我這件事，妳就可以暫時不用再過來醫院了，可以嗎？」

我考慮了一會兒，點點頭。

而後我再也沒去找過那位女醫生。

不管發生任何事，宇文謙和我之間那堅固的堡壘，會是我永遠的依憑。

第五章

「《讀者文摘》裡有一篇文章，讓我覺得很感動。」宇文謙邊說邊將手裡的那本《讀者文摘》塞給我，「妳看看折角的那頁。」

「你到現在還在看這個呀。」我皺眉接過，宇文謙雖然愛看書，但僅限於《讀者文摘》，而且他從來不用書籤，老是隨意地折起書頁。「這不是跟圖書館借的嗎？你怎麼不好好愛惜？」

「我哥，就是念鏡湖高中的那個哥哥，他課餘時間有在打工，所以有錢訂《讀者文摘》，他要我們有機會就多看點課外讀物。」

坐在公園的長椅上，我翻開了宇文謙折起來的那頁，文章標題是〈美人魚顯奇蹟〉，而宇文謙又從包包裡拿出另一本《讀者文摘》。

〈美人魚顯奇蹟〉那篇文章的大意是說，四歲的小女孩承受不了父親逝去的傷痛，於是和母親一起寫了一封信給父親，綁在美人魚造型的氣球上讓它飛向天際，而這封信奇蹟般的飄飄盪盪了四千八百公里，來到了美人魚湖，被另一個家庭拾獲了。

那個家庭覺得這是命中注定的奇蹟，於是他們買了一本關於魚的童話故事寄給小女孩，當作是她的父親送給她的禮物。

小女孩其實早就明白父親已經死亡，在這份禮物寄到時，小女孩知道父親找到一個方式表達對她的惦記，這種種巧合都是父親的安排，父親雖然已經不在人間，卻用了一種神奇的方式，讓小女孩感受到父親對她那無窮盡的愛。

讀完那篇文章後，我紅著眼眶，側頭問宇文謙：「你這是什麼意思？」

「我只是想說，阿嬤會希望妳多交一些朋友。」

我咬著下唇，對他伸直了右手的食指和拇指，而宇文謙也伸直了左手的食指和拇指，四根手指相抵成爲了一個「口」字。

「你已經是生命給我的最好安排，那些過去我不想再讓任何人知道。」我眞心這麼認爲。

所以不管李子延是用什麼樣的心態來接近我，都讓我感到恐懼。除了宇文謙，任何人的接近，都讓我覺得害怕。

「那是因爲他喜歡妳。」宇文謙朝我挪近身子。

「打著愛的名義，就可以讓我恐懼嗎？」我哼了聲，「我喜歡不在乎我的人。」

「多麼寂寞的發言啊。」宇文謙雖然這麼說，臉上卻浮現笑意。

「哼。」

宇文謙的手機發出收到訊息的提示音，我湊過去看，是有人傳來臉書的交友邀請。

「你都不篩選交友邀請，隨隨便便就答應別人的交友邀請。」我皺眉，「這個人是誰？」

「好像是圖書館委員，之前去還書的時候，她跟我要了臉書帳號。」

「行情很好嘛！」

宇文謙聳聳肩，按下了好友確認。

「我其實不是很喜歡你加一堆我不認識的人爲好友。」

宇文謙有些訝異，抬起頭看我：「妳第一次這樣跟我說。」

「是嗎？」我假裝不知道。

「這只是一個交友平台，況且我也不太常在上面發表動態。」

我拿出自己的手機，滑開他的臉書頁面，「不過其他人卻很喜歡標記你，或是在你的塗鴉牆上留言。」

像是社團或其他班的同學、以及那些宇文謙莫名其妙認識的陌生人，總是會在他的臉書上貼一些合照照片或是留下幾句意義不明的話語，那些都是我所不知道的宇文謙，而我不喜歡。

「我可以把那些人都介紹給妳認識。」宇文謙嘴角噙著奇怪的笑意。

「不需要，我不用認識其他人。」

「又回到原點了。」

「反正就是這樣。」我瞥了他一眼，「你可以把那些朋友都刪掉嗎？」

他沉思了一下，問：「妳眞的不喜歡？」

我用力點頭，我討厭看見宇文謙的生活裡有越來越多我不知道的事，而那些事我還得要透過臉書才會知道。

「那我就刪掉……」宇文謙一手托著下巴，不懷好意地問：「妳不喜歡的是所有妳不認識的人，還是只限女生？」

「有什麼差別嗎？」

「當然有，如果妳不喜歡的只限女生，那妳就是在吃醋。」他樂於將話題引導到這方面。

我搖搖頭，「不是吃醋，我只是討厭你有我不知道的生活。我……不想要改變，我希望我們可以跟以前一樣，什麼都不會變。」

「活著就會改變。」

「但那是指不好的事終有變好的一天，可是我們現在這樣就已經很好了，我不想要再有其他變化。」我握緊雙拳，「謙，你懂我的意思嗎？」

宇文謙沒有回答，只是將《讀者文摘》收入書包，然後站起來背對著我。

半晌，他才像是若無其事地回頭對我說：「我們回家吧。」

「謙，你有聽懂我剛才的意思嗎？」我追問。

「有，妳希望可以保持和我手牽手的關係。」他伸出手。

我嘆了一口氣，「謙……」

「但是那不是愛情。」他嘴角扯出了一抹弧度。

見到他帶著苦澀的笑容，我的心彷彿被狠狠一掐，我明明不想他難過，可是我害怕改變。

「我已經說了，牽著手也不代表愛情，所以妳儘管放心。」他又晃了晃自己的手。我猶豫了一會兒，才把手放在他的手上。

「今天的夕陽很漂亮，對吧。」宇文謙笑了笑，指著前方的落日，晚霞如同在畫布上渲染的水彩，將整片天空染成鮮豔絢麗的橘紅。

我看著宇文謙的側臉，想分辨他的笑容是否蒙上陰影。我只是不想我們之間的關係有任何改變，但他依然是我最親密的人，我也依然想要他能開心。

宇文謙也明白我的想法，他給我的笑容依然如孩提時代那般溫柔，我鬆了一口氣，握緊他的手。

❖

一早醒來，我拿起放在床頭的手機，便看見章易仲傳來了臉書交友邀請，他一定是透過古一杰找到我的臉書。

我決定不理會這則邀請，按下拒絕，接著起床穿上制服，來到廚房準備早餐。把蛋、培根放在平底鍋裡煎熟，放在烤好的土司上，搭配新鮮生菜，再以美乃滋、胡椒調味，便完成了我和阿姨的兩人份早餐。

此時阿姨也穿著銀行制服從房間走出來，瞥見餐桌上的早餐便說：「不是說了，妳不用這麼辛苦，早餐去外面買就好。」

「沒關係，反正我也起得很早。」

況且以前阿嬤每天都會準備早餐，我不想要阿嬤不在了，連這個習慣也跟著消失了。

阿姨彷彿也明白我的心思，她沒再多說什麼，打開冰箱取出牛奶倒入杯中，我們兩個坐在餐桌前一起用餐。

「最近有什麼特別的事嗎？」

「沒什麼，喔，對了，下禮拜學校有一場家長座談會，阿姨妳有時間嗎？」我從書包找出通知單。

「禮拜四應該可以，請幾個小時假沒問題。」

「會不會太麻煩阿姨，這樣的話……」

「好了。」阿姨制止我往下說，「我是妳的家人，這是理所當然的事。」

她一定無法想像我有多感動，這頓早餐我幾乎是笑得合不攏嘴地吃完。

當我來到樓下時，宇文謙已經坐在花圃邊等我，他一見到我便站起來：「今天我沒遲到了吧。」

「沒遲到才是對的。」我說。

「我會不會太寵妳了，讓妳變得有些沒大沒小？」他好笑地看著我。

「你有寵我嗎？我記得你小時候還揪過我衣領。」我模仿他當時的動作和凶狠的表情。

「那才不一樣，而且也就只有那一次。」宇文謙笑得很開心，朝我伸出手。

這一連串動作流暢自然，他來接我，對我伸出手，而我回握，好幾年來我們總是如此。

對我們而言，這是一件極爲平常的事情，是一種安心，一種從小到現在的「不變」。

沒道理只不過因爲我們十六歲了，只不過因爲宇文謙喜歡我，就得要去改變。

「宇文謙！」

快到學校的時候，有人從後方叫了宇文謙的名字，我們同時轉身，只見一個髮長及肩的女孩氣喘吁吁地跑過來，她的雙頰紅撲撲的，笑靨甜美，卻在看見我和宇文謙交握的手後，神情微微一僵。

「這麼巧啊。」宇文謙也注意到女孩的視線停留在我們交握的手上，但他並沒有打算鬆開我的手。

「呃……對呀，好巧。」女孩尷尬地笑著，抬手理了理頭髮，故作開朗地問：「女朋友？」

「青梅竹馬。」宇文謙微笑回應。

「喔……」女孩沒有多問，眼底還存著懷疑，但顯然她決定忽略，「對了，老師上次示範用的那種顏料，你已經買了嗎？」

料。

女孩自然而然地走到宇文謙身邊，和我們並肩前行。

「那種特殊色彩嗎？我還沒有時間去找呢。」

「我就知道，所以我昨天去買的時候幫你多買了一罐。」女孩從書包裡取出兩罐顏料。

「送我的嗎？」

「做夢，賣你的，下午去社團再給我錢吧！」女孩往前跑了幾步，轉過頭對宇文謙揮手，「社團見！」

「好。」宇文謙心滿意足地想將顏料收進書包，一隻手不好動作，於是便要鬆開牽著我的手，我卻緊緊握住他的手不放。

「怎麼了？」他疑惑地看著我

還問我怎麼了，明明才告訴他我不喜歡他有我不知道的生活，結果剛才那是怎樣？

「哇，太可怕了。」宇文謙笑了起來，「妳明明沒說話，我卻知道妳想說什麼。」

是嗎？

我想說什麼？

「剛剛那個女生是金巧文，是社團的朋友，八班的。」

這麼好還買顏料給你啊！

「她不是說了是順便嗎，況且還有跟我收錢呢。」

「我才不信呢。」

「妳這句話可就說出口了。」

我不理他，放開他的手逕自往前走。

宇文謙迅速跟了上來，走在我身畔，「我問過妳想不想一起去彩繪社，妳自己不想的。」

「那時候我有去啊。」

學校每個社團的第一堂課都是屬於體驗課程，有興趣的學生都可以去試試看。

當我去彩繪社上第一堂課的時候，老師發給每個人一張白紙，要大家畫下最常出現在自己夢境裡的顏色。

我腦中立刻浮現出那些許久未曾夢見的畫面，漆黑一片的世界，離去女人的背影。

於是我在白紙上畫下了一整片黑，再添加了少許灰色。

很快地我發現周遭同學畫下的全是亮麗鮮豔的色彩，大量的藍、紅、黃、綠，就算有人選擇暗色調，也是一片靛藍星空，上有繁星點綴。

我轉頭看向宇文謙，他畫的是我們經常在公園欣賞的那片晚霞滿天，美麗的橙紅色滿布天際，連雲朵都被染成了淺橘色。

我立刻將手中的畫紙揉捏成團，塞進書包，上前告訴老師我不適合這個社團，然後抓起書包就往外跑。

宇文謙當然馬上追了出來，但我沒告訴他我爲什麼要中途離開。

「每個人都有屬於各自的不同色彩，我不懂妳爲何要這麼排斥。」即便我嘴裡不說，宇文謙也很明白我爲什麼會離開。

「你們的畫紙上都是鮮豔的顏色，我不想特立獨行，但也不想勉強自己跟你們一樣。」我轉過頭瞪他，而宇文謙再次握住我的手。

「妳的個性有時候有些麻煩呢。」他語帶無奈。

「現在才知道嗎？」

「早就知道了。」他笑。

於是宇文謙再不勉強我加入彩繪社，每當他需要去社團練習的時候，有時我會等他，有時則會自己先回家。

我也是到了那個時候才知道，原來宇文謙除了喜歡閱讀《讀者文摘》之外，還喜歡畫畫。

❖

我和宇文謙走過籐蔓步道，鯉魚池就在前方不遠處，有些早到的學生正蹲在池塘邊拿著飼料餵魚。

「對了，誰會過來參加你的家長座談會？」我問。

「這一次正巧與國小家長座談會的時間相衝，所以院長沒辦法來。」

宇文謙以往的家長座談會，都是由育幼院的院長或老師出席，偶爾會由已經出社會工作的其他「哥哥」們代表出席。

「我年紀也夠大了，沒人出席家長座談會也沒關係，反正老師們都知道我的狀況。」宇文謙不以為意地聳聳肩。

「不然請我阿姨一起代表我們兩個參加，不就好了嗎？」我提議。

「不用這樣麻煩妳阿姨。」宇文謙皺了皺眉，「沒關係啦，別為我擔心。」

走回教室途中，碰巧在走廊上遇見章易仲，我猛然想起他稍早想加我好友卻被我拒絕，便下意識地躲到宇文謙身後。

宇文謙當然察覺了我的舉動，而章易仲立刻滿臉堆笑地朝我們走來。

「唷，你們每天都形影不離呢。」

「因為我們是青梅竹馬。」宇文謙維持一貫的親切微笑，「喔，對了，因為子毓有些怕生，所以我想你暫時還是不要在我不在的時候接近她比較好。」

宇文謙的話讓躲在他背後的我輕輕驚呼了一聲，沒想到他會直接這麼跟章易仲說，我忍不住從宇文謙背後探頭偷看章易仲臉上的表情。

果然，他和我一樣不敢相信宇文謙竟會說出這樣的話，他瞪大眼睛，抓了抓後腦勺，「哇，說得好像是我在騷擾她一樣。」

「我不是那個意思，只是子毓真的比較麻煩一些，所以謝謝你了。」宇文謙笑意不減，牽著我的手從章易仲身邊掠過，誰知章易仲竟拉住了我另一隻手。

「啊！」我倉皇大叫，趕緊甩開章易仲的手。

宇文謙一把將我拉至他身後，目光警戒地盯著章易仲不放。

「啊啊，抱歉！」章易仲帶著笑容，兩手舉高，「我不是故意要惹你們生氣的，只是我話還沒說完你們就離開，我覺得很不受尊重。」

宇文謙瞇起眼睛，嘆了一口氣：「你說的話是有些道理，但我的話你沒聽懂嗎？子毓怕生，請你遠離她一些。」

氣氛變得更僵了，許多原本待在教室裡的學生都走出來圍在一旁看熱鬧，有人甚至拿起手機偷拍。

章易仲卻沒有因此而退縮，他滿不在乎地聳肩道：「大家都有交朋友的權利吧，你又不是蘇子毓的男朋友，憑什麼替她發言呢？」

不等宇文謙回答，章易仲雙手插進褲子的口袋，身體略略前傾，看著我微笑：「要拒絕我也要蘇子毓本人對我說才行吧。」

「我、我……」我半句話都說不出口。

「如果怕生，先從臉書開始當朋友不是很好嗎？妳應該要答應我的交友邀請。」他站直身體，對我眨了眨眼，然後轉身往他班上的教室走去。

「他想要加妳好友？」宇文謙問。

「嗯……可是我拒絕了。」

「妳怎麼沒跟我說？」

「因爲又不重要……而且一堆女生加你好友你也沒跟我說，我幹麼要跟你說。」我有些來氣。

「那又不一樣。」宇文謙嘆氣，「還有妳不要對我說這種話。」

我抬頭想反駁，卻意外瞥見他微微泛紅的耳根，最後還是什麼話都沒說。

「唷，你們兩個怎麼站在這裡？」古一杰正巧從樓梯走上來。

「一杰，你們班那個章易仲是怎麼回事？」宇文謙劈頭就對古一杰抱怨。

「易仲？他人很好啊，怎麼了嗎？」

宇文謙將剛才的事大略說過一遍，古一杰聽完以後，抓抓臉頰，乾笑著說：「唉唷，他這個人說好聽一點就是個性直接，說難聽一點就是比較白目，不過人不壞啦，就別和他計較了。」

「哇靠，你才和他同班不到半年，就幫著他說話了啊！」宇文謙一手勾住古一杰的脖子，另一手壓著他的頭。

「哈哈哈，表示他人真的很好啊！」古一杰不甘示弱地反擊，兩個男生玩鬧得不亦樂乎。

我忍不住笑，視線朝三班的教室看過去，正巧和坐在窗邊座位上的章易仲四目相交，他向我微笑示意，還揮了揮手，我扭頭避開他的視線。

我第一次遇到這種明明已經拒絕，卻還是想盡辦法接近我的男生。

這令我害怕。

我忍不住再次朝他看過去，窗邊卻已不見他的蹤影。

學校舉辦家長座談會的那天，並沒有人代表宇文謙的家人出席。

「因爲我哥他們要上班，我就想算了，反正這也沒什麼。」宇文謙絲毫不以爲意，「況且也不是每個人的家長都有到。」

雖然他這麼說，我也明白他是眞的這麼想，可就是因爲我們沒有「家長」，才會更加在乎有沒有人出席不是嗎？

「阿姨會代表我們兩個的。」我仍然堅持。

「妳眞是多管閒事。」他無奈地笑了，摸摸我的頭。

我們坐在鯉魚池畔的長椅上，有一搭沒一搭的將魚飼料扔進池塘裡。每當飼料落入水面，馬上會湧來大量的魚群推擠著搶奪食物，不過是一顆小小飼料，而且明明每天都有不少學生餵食魚群，爲何牠們還要搶得你死我活呢？

「妳聽過魚的記憶只有七秒嗎？」宇文謙問我。

「嗯，這樣不知道是不是件好事。」

「怎麼說？」

「因爲……」我一次丟進了五顆飼料，「不管好事或壞事都只在記憶裡停留七秒，所有經歷過的事很快就會遺忘，牠們永遠都在體驗新生活，那牠們會不會忘記自己所愛的人……啊，應該是愛的魚。」

「哈哈，我想魚應該不會有『愛』這種情感吧。」

我轉過頭瞇著眼睛看他，「你又不是魚，怎麼知道牠們沒有？」

「那妳也不是魚，怎麼知道牠們有呢？」宇文謙挑了挑眉，「現在是莊子和惠施嗎？」

我倆相視而笑。

「哼，跟你辯論我一定輸的。」我將手中的飼料全部灑進池中。

「那可不一定，因爲我人很好，所以老是會讓著妳。」

「這倒不可否認。」我同意。

我注意到前方轉角處有個熟悉的身影，定睛一看，忍不住拍拍宇文謙的手臂，「欸，你看，那不是劉尙倫嗎？」

「嗯？」宇文謙往前看去，「是啊，現在正在舉辦家長座談會，所以學生在校園裡走來走去也很正常……」

「不是啦，爲什麼他會跟別的女生走在一起？」

劉尙倫的手搭在一個我從未見過的女孩肩上，兩個人有說有笑，劉尙倫甚至不時對那個女孩做出親密的舉動。

「這……」宇文謙聳聳肩，不予置評。

「他不是喜歡嚴若璃嗎？」我很震驚。

「他並沒有這麼說過。」

「可是，他常常說他跟嚴若璃是一對，也會搭著她的肩膀，反正他常常招惹嚴若璃呀！」

「要怎麼說……」宇文謙稍稍坐正身體，「有時候男孩子去招惹某個女生，不見得表示喜歡，可能是好玩或是無聊，妳看嚴若璃不是也沒怎麼搭理劉尚倫嗎？所以她應該知道劉尚倫是開玩笑的。」

宇文謙會說出這樣的話，更是讓我感到震驚，「所以你也同意這種論調？」

「什麼論調？」宇文謙摸不著頭緒。

「就是可以隨便和女生搞曖昧沒關係，反正誰先付出感情誰就輸了！」

「我剛剛可沒有這麼說，妳是怎麼聽的？」宇文謙好笑地看著我，「不能否認，確實有那樣的人存在，可我不是那種人。」

他伸手想摸我的頭，被我避開，「我要去看看劉尚倫在搞什麼鬼。」

「喂，不要啦。」宇文謙拉住站起來的我。

「我不會讓他發現的，你就待在這裡，不要管我！」我瞪他一眼，宇文謙只好鬆手。

「答應我，不要強出頭，那不關我們的事。」

「哼。」我撇過頭，往剛才劉尚倫消失的轉角跑去。

躡手躡腳跟在劉尚倫和那女孩身後，來到荷花池附近，這裡算是校園裡的死角，平時很少人會過來。

我躲在一座石像後面，劉尚倫和陌生女孩在前方不遠處的長椅坐下。

劉尙倫的手依然搭在女孩肩上，兩個人距離很近，互動親密，劉尙倫另一隻手突然抵住女孩的下巴，頭貼了過去，兩個人居然接起吻來。

我連忙捂住嘴，掩住自己的驚呼。

難道這女孩是他的女朋友嗎？

那他還一直招惹嚴若璃是爲了什麼？

女孩的手機鈴聲忽然響起，她朝手機瞥了一眼，似乎對劉尙倫說了些什麼，輕吻了他的臉頰後，便起身離開。

劉尙倫坐在長椅上，拿出手機按了幾下，過沒多久我聽見後方傳來腳步聲，趕緊躲到旁邊的樹叢間，另一個女孩哼著歌朝劉尙倫走去。

「幹麼找我？我不是告訴你我已經有男朋友了？」女孩笑臉盈盈。

「可是妳還是過來啦！」劉尙倫朝女孩伸出一隻手。

「因爲我想說這是最後一次啦，而且這麼臨時找我，一定是誰放你鴿子了吧？」女孩牽起劉尙倫的手，劉尙倫輕輕一拉，女孩便坐到劉尙倫腿上。

兩個人一邊親吻，一邊嬉笑，偶爾劉尙倫的手還會放在女孩的腿上，女孩沒有拒絕，但幸好僅止於此，劉尙倫沒再做出其他太過逾矩的舉動。

可是這已經超過我能理解的範圍，這是多麼混亂的關係呀！

我趁著他們不注意的時候悄悄離開，大概是因爲心神不寧，走起路來有些歪歪斜斜，不小心迎頭撞上一個人，差點重心不穩就要摔倒，那個人趕緊扶了我一把。

「蘇子毓，眞難得只有妳一個人。」

聽到這個聲音我瞬間回神，匆忙想往後退。

但章易仲扶住我肩膀的手卻絲毫沒有放開，他瞇著眼睛微笑，「妳看起來有點恍神，怎麼了嗎？」

「沒、沒什麼，放開我。」我小聲說著。

「嗯，可以啊，但妳要告訴我妳怎麼了。」

「你這是……威脅我？」我瞪他。

「喔，妳也會有這樣的表情呀！」他像是發現新大陸一樣開心，倏地鬆開手，「我當然是跟妳開玩笑的，我並不想要惹妳不開心，只是每次宇文謙都用那種理所當然的態度代替妳發言，我看了不太爽而已。」

「謙是關心我。」

「那是關心嗎？」章易仲挑眉，「是過度干涉吧，就算是青梅竹馬，也不能有這樣的占有欲。」

「不是這樣！」我試圖辯解。

「妳叫他謙耶，這麼親密的稱呼對方，眞的很不尋常。妳還說你們只是青梅竹馬而已？我看過好幾次你們手牽手，青梅竹馬這樣很不正常吧。」章易仲又說。

「我跟謙的關係不需要你來評判！」我氣得掉頭就走，「跟剛才我看見的比起來，我和謙高尚多了！」

後面那句話我只是在嘴裡嘀咕，沒想到耳尖的章易仲聽見了，他跟上我的腳步，追著我問：「剛才妳看見什麼？」

「不關你的事，不要跟著我！」

「妳一定沒有除了宇文謙以外的朋友吧，妳不覺得除了他以外，偶爾妳也該聽聽別人的意見嗎？」

我不由得停下腳步，想起剛才宇文謙所說的，有些男孩就是會那樣，會因爲好玩或是無聊而輕易去招惹女生。

頓時我有些動搖，斜斜看了章易仲一眼。

「嗯？我洗耳恭聽喔。」他雙手一攤。

「……男生會跟不喜歡的女生親密接觸嗎？」

他挑了挑眉，「宇文謙對妳做了什麼嗎？」

「才不是！」我又瞪他，「我不想問了。」

「喂喂喂！等等！」他又是好氣又是好笑地擋在我面前，「妳指的是哪種程度的親密接觸？」

我考慮再三後，才悶悶地說：「接吻。」

「這就太誇張了。」章易仲的眼神立刻變得嚴肅，「男生與女生之間還是要留有基本該有的距離，但現在很多男女生之間的相處界線變得有些模糊。」

「所以說，就算不是女朋友……或者甚至不是喜歡的人，男生也會親吻對方？」

「一個銅板敲不響，這種事情若不是雙方同意要如何進行？女生自己本身也有問題。」章易仲嘖了一聲，「但我瞧不起那樣的人就是。」

「我也是！」想都沒想我便脫口而出。

章易仲一臉意外地看著我，笑容變得有些玩味，「既然我們的觀念相近，那可以加我好友了吧？」

「這個……」我覺得爲難。

「拜託，不會連這種事情都還要問過宇文謙才能決定吧？」他故意這麼說。

我從口袋拿出手機，遞給他。

「我之前拒絕妳的交友邀請了，你找出你的臉書，我來加你。」

「果然是被拒絕了。」

他笑著接過我的手機，操作了幾下便還給我，接著又拿出他自己的手機按了幾下，將螢幕轉向我。

「現在我們是朋友了。」

「嗯。」我說，忍不住還是往後退了一些，「不過還是請你別太常和我說話。」

「好，我知道了。」他把手機收回口袋，眼神帶著笑意，「我會盡量煩妳，讓妳習慣我的存在。」

「你！沒聽懂我說的話啊？」我後悔加他臉書好友了。

「我聽得懂呀，妳和宇文謙說的話我都聽懂了，簡單來說，妳會躲我，是因爲怕生，因爲和我不熟，那只要變熟就好了呀。」

我不由得眉頭緊蹙。嚴格說起來，我並不是怕生，我是怕對我有興趣的人，像李子延那樣的人。

可是我不想多做解釋，這樣只會惹得章易仲更好奇。

所以我選擇不發一語，掉頭快步走開，章易仲這次沒再追上，只在我背後高聲說了句：「掰啦，下次見。」

第六章

家長座談會過後沒多久，便迎來期中考，南苑的考試題目並不困難，幾乎所有的考題全在課本裡可以找到答案，只要認眞熟讀並勤做練習，應該就不會有問題。

所以宇文謙和我都拿到不錯的成績，而鄒衙卻捧著一疊考卷在教室裡連聲慘叫。

「我的媽啊，菜頭貴，你看一下我這個成績是幾分？」

「二十八分，然後不要叫我菜頭貴。」蔡宗貴推了推眼鏡。

「那……嚴若璃，你看我地理是幾分？」鄒衙又拿著另一張考卷跑到嚴若璃面前。

「三十分，有沒有搞錯？你連自己的名字都忘記寫？」嚴若璃漂亮的眉毛皺了起來。

「尙倫啊，這個勒，理化這一科最讓我不敢相信，這是幾分？」鄒衙拿著考卷又跑到劉尙倫桌前。

劉尙倫的視線從手機螢幕移開，瞥了一眼後，冷冷地說：「靠，零分，選擇題一題都沒猜對也太遜了吧！」

「我哪知啊！第一次考零分，我死定了，回家慘了！」鄒衙苦著一張臉。

「他從國中就這樣，每次都喜歡拿著考卷去問別人自己考幾分，好確認自己的眼睛沒看錯，如果能把這種精力拿去念書不是很好嗎？」嚴若璃忍不住嘆氣。

「眞的，要是他肯努力一些，一定能贏過我們兩個，對吧！」劉尙倫不知何時跑到嚴若璃身邊，另一隻手自然而然就往她肩膀上搭去——

啪！

在嚴若璃舉起的手還沒打到劉尙倫之前，我已經先出手打了他的手背一記。我突如其來的舉動讓所有人一愣，連原本低頭翻看《讀者文摘》的宇文謙都抬頭看向我。

「這、這……不要亂碰女生的肩膀，男女授受不親！」結果我支支吾吾說出這種話。

鄒衍率先放聲大笑，蔡宗貴瞇著眼睛不發一語，嚴若璃則盯著我看，臉上的表情有些微妙。

而劉尙倫倒是大聲哀號：「好痛啊！妳眞是不手下留情。」

「你活該。」嚴若璃絲毫不同情劉尙倫，只對我說：「謝謝妳，子毓。」

「呃……不會。」我撥了撥頭髮，走回自己的座位。

這件事像是從未發生過一樣，他們繼續打鬧，劉尙倫的手也依然不安份地試圖再攀上嚴若璃的肩，嚴若璃用力捏了他的手臂一把，他慘叫了聲。

「不是說別多管閒事了嗎？」宇文謙略顯無奈。

「我只是覺得……反正，如果不喜歡，就別招惹對方。」我壓低聲音。

「說不定劉尙倫喜歡她。」

「喜歡她又怎麼會跟別的女生糾纏不清？」

「幹麼想這麼多呢？總而言之，這些事不是我們能管的。」宇文謙瞄了我一眼，「話說，妳和那個章易仲算是朋友了？」

「沒有啊。」我矢口否認。

「可是今天早上……」

今早到校的時候，碰巧在校門口遇見章易仲，他態度自然地和我們一起走往教室，途中他問了我幾個問題，而我也回答了，並未再拒他於千里之外。對於我這樣的反應，宇文謙感到好奇。

「該怎麼說，應該是有點習慣了他的存在，他三不五時就會主動在臉書上敲我，但多半只是聊個幾句就會打住。」

「喔？他對妳真的很感興趣。」宇文謙打趣著說：「妳不是不喜歡這樣嗎？」

「是不喜歡，但他好像也沒什麼惡意，況且你不是也要我多和其他人交朋友嗎？」

「我是這樣說過沒錯……」

「宇文謙！」金巧文站在教室前門，對宇文謙招手，態度熟稔。

「喔，怎麼了嗎？」宇文謙立刻從座位起身朝她走去。

看著他們聊得愉快的模樣，我有些不滿，眼睛餘光瞥見劉尚倫的視線落在我身上，嘴角噙著一抹奇怪的笑意。

「幹麼？」我扭頭問他

「沒事。」劉尚倫沒多說什麼，逕自和其他人聊天。

怪人。

我繼續觀察和金巧文聊得正熱烈的宇文謙，看樣子感情還不錯呀，講沒兩句話她就笑得眼睛都瞇起來了，而且金巧文的手時不時會輕觸宇文謙的身體。

這讓我很不開心。

直到上課鐘響起，金巧文才拍拍宇文謙的手臂，「那我先走了，放學見。」

「嗯，掰啦。」宇文謙帶著笑容走回來，卻在接收到我凌厲的眼神後一愣，「幹麼？」

「聊什麼？」

「喔，巧文說放學後要去美術用品專門店逛逛，妳要不要一起去？」

我板起臉孔，打開這堂課要用的課本，「不用了，你們自己去吧！」

「妳在生氣？」他坐回座位。

「我沒有生氣。」

我只是沒想到你跟金巧文的關係已經好到可以稱呼對方「巧文」了。

「我也有約妳一起去呀。」。

這種順便的邀約我才不要，誰稀罕。

宇文謙之後說什麼我都不聽，直到老師走進教室，宇文謙才無奈地閉上嘴巴。

放學時，我背起書包就要離開，宇文謙卻拉住我的手腕，語氣帶點乞憐：「好了啦，妳還在生氣？不然我不去了，可以嗎？」

我對上他的眼睛，窗外的微風吹動我的髮梢，宇文謙的眼神就像這陣輕輕柔柔的風一樣，讓我的心瞬間軟化。

「我沒生氣了。」

「那我們回家吧。」他背起書包，拉著我手腕的手滑進我的掌心。

「不用了，你們去美術用品專門店吧。」

宇文謙狐疑地看著我，「可是妳……」

「是要去買你們社團要用的東西嗎？」

「嗯，最近開始學油畫，所以想去買些材料。」宇文謙露出笑容，他是眞的喜歡畫畫。

「所以去吧。」

「其實我可以問她那間店在哪裡，我們兩個自己去。」他提議。

「可是我什麼都不懂。」

「沒關係，我懂就好了啊。」宇文謙邊說邊拿出手機，按下撥號鍵，電話那頭傳來金巧文的聲音，「巧文，妳說的那家店在哪裡？我今天就不去了，嗯，沒關係，我之後和子毓一起去就好，對，嗯嗯……」

我低下頭，笑意在臉上蕩漾開來。

我知道的，我太了解宇文謙了，他不會拒絕我的任何要求，只要我稍稍皺眉，或是佯裝生氣，他便會所有事情都順著我。

就像現在這樣。

我握緊了他的手，感受到我的力道，宇文謙也緊緊回握。

此時章易仲碰巧從走廊上經過，宇文謙背對著窗，所以他沒見到章易仲看著我們交握的手時，臉上所浮現的神情。

章易仲彷彿有些吃驚，卻又不眞的覺得意外，隨即他臉上又換了另一種表情，我還來不及揣測他是怎麼想的，他已經挪動腳步離開。

「子毓，因爲那間店有點難找，電話裡說不清楚，我去找巧文當面問比較快，妳留在教室等我。」

不會叫她在手機上畫好地圖，然後用LINE傳給你就好了嗎？

我原本想這麼說，但想想也沒必要這樣，於是點點頭。

宇文謙笑著摸摸我的頭，鬆開我的手，走出教室。

我的掌心頓時覺得有些空落落的，回到自己的座位想要坐下，卻對上劉尙倫的目光。

「怎麼？」我隨口問他。難道他從剛剛就一直在觀察我們嗎？

「沒事，我只是覺得你們旁若無人的放閃光技術已經到了一個極致，就算是在公眾場合，都能毫不避諱地牽手或是摸頭。」劉尙倫的語氣平常，說出的話卻很是刺耳。

「你幹麼？吃錯藥喔。」嚴若璃有些不悅。

正在玩手機的鄒衜挑了挑眉，嘴角的笑意若有似無，蔡宗貴倒是沒什麼反應。

「我和謙是青梅竹馬，很要好的那種。」我忍不住辯解。

「我和若璃也是啊。」劉尙倫站起來，伸了個懶腰，「我只是覺得妳怎麼雙重標準啊，妳可以和宇文謙牽牽小手，宣稱這是青梅竹馬，而我搭若璃的肩膀就變成男女授受不親？妳有資格說我嗎？」

「噗，你這些話等宇文謙回來，再當著他的面講一次，你看他會不會揍你。」鄒衍哈哈大笑。

「好了，都閉嘴。」嚴若璃也站起來，「子毓，不要理他。」

我咬著下唇，覺得委屈至極。

我和宇文謙之間的關係不是大家想的那樣，他們都只用自己狹隘的觀點去審視我和宇文謙之間的親密舉動。

可是，我不也一樣嗎？

嚴若璃根本沒說什麼，我就擅自打掉劉尙倫往她肩上搭的手，只因爲我用我自己的觀點去審視他的舉動。

「好，對不起。」所以我這麼說。

劉尙倫先是瞪大了眼睛，然後面露爲難之色，吞吞吐吐地說：「不是啦，我不是要妳道歉，我只是想說……欸……」

「靠，你很沒用耶！」鄒衍一直都在旁邊看好戲，他將喝完的寶特瓶往劉尙倫背上一扔。

「不然換你來說啊！」劉尙倫撿起寶特瓶，瞄準鄒銜丟回去。

「又不干我的事！」鄒銜敏捷地拍過去一掌，讓寶特瓶準確落進後方的回收箱。

「都閉嘴。」蔡宗貴冷冷喝斥一聲，不過沒什麼作用，劉尙倫和鄒銜兩人嘴上的爭執絲毫未停。

「我要回去了。」嚴若璃拿起書包要往外走。

劉尙倫見狀也立刻抄起書包，急呼：「等我啦！」

當嚴若璃掠過我身旁時，她意味深長地瞥了我一眼，便和劉尙倫兩人一前一後走出教室。

「我們也要回去了，掰啦。」鄒銜也拿起書包，蔡宗貴跟著站起身。

「嗯，掰掰。」我向大家道別。

過了好一會兒，宇文謙回到教室，跟我說他知道那間店在哪裡了。他察覺到我的神色怪異，問我是不是怎麼了，我只是搖搖頭，這種無聊的事還是別告訴他吧。

他背起我的書包，朝我伸出手。

我想起劉尙倫說的話，猶豫了一下，見我沒有動作，宇文謙也不多問，主動牽起我的手。

走出學校大門前，也不知怎麼的，我突然回頭看向中庭，只見章易仲背著書包站在那裡，動也不動，因爲有段距離，我看不清他的臉，但總覺得他像是有話要說。

猛然想起他剛剛從走廊經過時看著我們的表情，我下意識甩開宇文謙的手。

宇文謙有些錯愕，「怎麼了嗎？」

「沒、沒什麼……」我連忙牽回他的手。

小時候我和宇文謙時常手牽著手，整日形影不離，除了同學們偶爾會調侃幾句，其他人多半都只會說：「你們兩個感情眞好。」

可是爲什麼等到我們長大以後，對我和宇文謙之間的關係提出質疑的人卻越來越多？他們爲什麼要這麼多管閒事？爲什麼我和宇文謙的關係需要別人來評斷？

低頭凝視著我和宇文謙十指交扣的手，我第一次對於這段關係有了疑問。

宇文謙先在白色畫布的下方處畫上一片深綠，再用咖啡色在深綠周圍畫了幾條線，然後在畫布上方抹上了大塊黑色。

乍看之下，他上色的方式雜亂無章，筆尖隨意沾到什麼顏料就往畫布上塗，調色盤上的顏色也混雜在一起。

「我看不懂你在畫什麼。」我站在他的背後。

「我畫完妳就知道了。」宇文謙輕笑。

「你選的顏色都好深。」我說。

「畫畫本來就要從深色開始上色。」他扭頭看我，「覺得無聊嗎？」

我聳聳肩，走到一旁的空位坐下。

彩繪社社團教室的牆上掛著一幅幅美術作品，每幅作品下方都標有繪者的姓名。

有張素描引起我的注意，我站起來，走向前一看，畫裡是一個男孩的背影。仔細端詳那張素描，再看向宇文謙的背影，我很快就確認畫裡的男孩根本就是宇文謙，畫中的他也跟現在一樣端坐在畫布前。

而這幅素描的繪者毫不意外，就是金巧文。

「這幅畫畫的是你。」

宇文謙朝那幅素描瞥了眼，注意力又再次轉回畫布，手上動作絲毫未停，「是啊，巧文畫的，那一次老師要我們隨便畫，主題不限，她說我坐的位置剛好擋住她的視線，所以就乾脆畫我的背影好了。」

「嗯，是喔。」

「嗯，是啊。」他模仿我的口氣，並沒有回頭。

我拿起手機拍下他的背影，想也不想便把照片上傳臉書，不僅特別標記他，還寫下一句話：眞人版的宇文謙背影。

我不知道自己是想幹麼，也不知道做這種無聊的事有什麼意義，但我想宣示主權，對，主權。

宇文謙是我身邊的人，離他最近的女生是我，就算我和他不是男女朋友，其他女孩也別想偷偷摸摸接近他，也別因爲一些小事就沾沾自喜。

我冷冷打量著那張素描，如果可以還眞想撕掉它。

過沒多久，好幾個人都在那張照片上按讚，大多都是宇文謙的朋友，劉尙倫和嚴若璃也按了讚，鄒銜則回應了一張大笑的貼圖，他老是在笑。

我原本期待金巧文也會來回應，不過很可惜沒有，但我想金巧文一定也看見了，她會懂我的意思。

「那張照片是什麼意思？」然而先問我這句話的居然是章易仲。

回到家以後，我才發現章易仲傳來的訊息，這關他什麼事？我想起他看向我們的難解眼神，才想反問他那是什麼意思。

可是最後我選擇已讀不回，關掉手機，躺到床上，沉沉睡去。

❖

寒假的時候，宇文謙告訴我：「章易仲來加我好友。」

「他現在才加你，好怪。」

「嗯，如果要加也早就該加了，現在加我不知道做什麼。」他的表情頗有些不以爲然。

「可能想多了解你吧。」我打趣地說，宇文謙的表情更難看了。

「被一個男生了解還眞是高興不起來。」他將手邊摺好的衣服疊上我摺好的，接著把整落衣服抱了起來。

「棉被也要收嗎？」我問。

「再曬一下吧，難得今天天氣這麼好。」他凝望著庭院裡隨風擺盪的被單。

我偶爾會來宇文謙住的育幼院幫忙做一些簡單的事情，像是洗衣服、折衣服、陪孩子們玩之類的。

「凱翔不在嗎？」從剛才到現在都沒看見和宇文謙一起長大的凱翔。

「他今天去約會了。」宇文謙把衣服收進衣櫃後，跟一個年約五歲的孩子玩舉高高的遊戲，逗得他咯咯地笑。

「那你跟阿太還有聯絡嗎？」阿太是宇文謙小時候的另一個玩伴，在十歲那年被一對夫婦領養，從此我就沒再見過他。

「當初並沒留下阿太的聯絡方式，不過最近因為臉書而重新連絡上了，很不可思議吧。」宇文謙對於網路所帶來的變化感到驚奇。

「那你們什麼時候社團聚會？」

我會這樣問，是因為前幾天我看見宇文謙接受了彩繪社的寒假聚餐活動邀約，發起人是金巧文，該活動設定為公開，所以我可以看見每個人的留言，只要宇文謙一回應，金巧文必定也會跟著出現。

我不知道金巧文是不是喜歡宇文謙，但我不喜歡一個女生如此主動貼近男生。

「後天，要去吃燒烤，妳要去嗎？」

「那是你們的社團聚會，我去幹什麼。」我雖然這麼說，嘴角卻已經忍不住勾了起來。

「因爲我知道如果不帶妳去，妳又要生氣了。」宇文謙席地而坐，手肘撐在膝蓋上托著下巴看我，神情溫柔。

我也學他席地而坐，身體微微前傾，「既然你誠心誠意提出邀約，我就大發慈悲答應你。」

「謝主隆恩。」宇文謙哈哈大笑。

看著他的笑容，我的心一陣抽痛，卻不知原因爲何。

吃燒烤那天，我穿上最漂亮的白色洋裝，將頭髮綁成丸子頭，還跟阿姨借了腮紅和睫毛膏。

「打扮這麼漂亮，要跟宇文謙約會？」阿姨笑著打趣。

「不是，是要陪他去參加社團聚會。」

阿姨挑眉，臉上表情像是在問：人家社團聚會妳湊什麼熱鬧？

但我知道她不會眞的問出口，雖然我和阿姨之間的關係已經比以前好上很多，但日常相處還是有一點點相敬如賓，我覺得這樣也沒什麼不好。

當我走下樓時，宇文謙身穿咖啡色夾克，手上提著一個提袋，已經站在大門口等了好一會兒。見到我不同於平常的打扮，他微微睜大眼睛，露出靦腆的笑容，耳根甚至泛起了一抹可疑的紅色，連我都有些不好意思。

「你幹麼？扭扭捏捏的。」

「妳今天穿這麼漂亮還眞是難得，上次看妳穿這件洋裝，是妳和魏叔去吃飯那次吧。」宇文謙的目光上下打量著我。

魏叔是阿姨的男朋友，一直到阿嬤過世之後，我才知道有這個人的存在，他和阿姨已經交往很久了，應該總有一天會結婚。

兩年前，魏叔在我生日那天說要請我們吃飯，當時我穿了這襲白色洋裝赴約，我還是第一次去那麼高級的餐廳。魏叔向來對我和宇文謙很好，而且從他和阿姨相處的每個細節都能看得出來，他們相當珍視彼此。

魏叔還送了生日禮物給我和宇文謙，兩張遊樂園的門票。

那也是我們兩個第一次去遊樂園，我才意外發現自己膽小得要命，幾乎所有遊樂設施都不敢玩，只能看著宇文謙自己一個人坐上雲霄飛車。

他不忍心讓我站在旁邊眼巴巴地看著他玩，所以最後我們便只是手牽著手在遊樂園裡四處走走，光是這樣，就讓我覺得好開心。

對於從前的我來說，「生日」並沒有意義，它的到來並不會讓我感到快樂，生下我的母親拋棄了我，如今不知身在何處。

可是宇文謙對我說：「我媽媽也不在啦，可是我和阿姨還在，我們都想幫妳過生日，妳就當作是爲了我們，這樣不行嗎？」

從此以後，「生日」成爲我每年都會由衷期待的日子之一。

也就是今天。

「生日快樂。」宇文謙把手上的提袋遞給我。

「哼，我以爲你忘記了。」我故意這麼說，明知他絕對不會忘記。

「我怎麼可能忘記妳的生日，況且現在臉書也會主動提醒呀，今天一早就看見通知顯示『蘇子毓今天生日』喔！」

「什麼嘛！」我笑著打了他一記，這提袋還眞重，「我可以打開吧。」

「當然。」

提袋裡是一件漂亮的中長版風衣，我不敢置信地抬頭看了看宇文謙，隨即又低頭目不轉睛地盯著這件風衣。

「穿穿看吧。」宇文謙把風衣披到我身上，「這個顏色很漂亮吧，跟妳最喜歡的奶茶顏色很像。」

他爲我把扣子一顆顆扣好，「眞的很適合妳。」

「可是這件風衣很貴吧，這太貴重了，我不能收。」

「嗯……這是有人捐給我們育幼院的二手衣服，但我們院裡沒有能穿這件外套的女孩，所以我跟院長要了過來，送給妳……」他摸摸鼻子，有些不好意思，「抱歉，我只能給妳這樣的禮物。」

我心中一暖，這是件充滿著愛的禮物。

仰頭迎向他的目光，我輕聲說：「謝謝你，我很喜歡。」

宇文謙綻開微笑，我們手牽著手十指緊緊交握，在寒流來襲的今天，格外溫暖。

我想宇文謙一定沒有事先告訴他的社團朋友我也會來，因為他們一見到我，全都露出驚訝的神情。

「你要帶女朋友來也不先講啊！」有人如此調侃。

「不是女朋友，她是我的青梅竹馬。」宇文謙的回應一如往常。

「明明手牽手，還穿著情侶外套，眞是好曖昧的青梅竹馬！」另一個男生戲謔地調侃，還上前一手搭著我的肩膀，我不由自主縮了下身體。

「喔，社長，子毓很怕生。」宇文謙趕緊將我拉開。

「防衛心很強耶！」社長哈哈大笑，「好了，快點入坐吧。」

奇怪的是，當我看見金巧文臉上那氣憤又混雜著哀傷與訝異的表情時，心裡竟沒有我想像中的痛快。

參加這次聚會的社員約有二十人，我們這桌坐了六個人，想當然耳金巧文也在這桌，她是個既勤快又體貼的女孩，醬料不夠了她會請服務生添加，也會主動詢問大家要不要加點，甚至還負責烤肉。

而我一直坐在旁邊，由宇文謙幫我什麼都弄好。相較之下，我當然有股優越感，然而同時我也發現自己一無是處。

「我也幫忙烤。」所以我向宇文謙提議。

「不用啦，妳那個位置不好弄，我來就好。」宇文謙當然不會讓我動手。

「我來啦！」我不想在金巧文面前顯得自己是個慣於被服侍的人。

「今天是妳的生日耶。」宇文謙笑了。

「眞的嗎？今天是子毓生日？」金巧文一臉驚訝，她很快又露出笑容，將烤盤上的肉分別夾進我和宇文謙的碗裡。

「生日快樂！喂，金巧文，怎麼沒夾給我啊？」坐在金巧文旁邊的社長發牢騷。

「社長，你有手。」金巧文對他笑了笑，然後吃了一片烤肉。

她果然只對宇文謙特別溫柔。

越想我就越不高興，伸筷夾起肉片時，一個沒注意，肉片掉進沾醬，濺起的汁液噴染上我的白色洋裝。

「哇，子毓，沒事吧！」宇文謙連忙抽了好幾張衛生紙給我。

「快去廁所用水沖洗！」金巧文也站起來。

「哇，白色洋裝毀了！」社長倒是繼續吃肉。

「我、我去一下洗手間。」我覺得無地自容。

「我陪妳去吧。」金巧文主動表示。

「不用！」我大聲拒絕，見她一愣，我趕緊又說：「呃……那個，你們慢慢吃，我一個人去就好了……」

然後快步逃離眾人面前。

在洗手間裡，我努力清洗那塊汙漬，但還是有些許清洗不掉的淡淡痕跡，洋裝上濕了一大片還眞是狼狽不堪，不過還好弄髒的不是宇文謙送我的風衣。

我把身體湊近烘手機，藉著烘手機吹出的暖風吹乾洋裝，從鏡子的反射瞥見金巧文走了進來，我立刻轉過頭看她。

「嘿，蘇子毓，現在只有我們兩個，所以就開門見山說話吧。」她臉上掛著微笑，走到洗手臺前扭開水龍頭，壓擠了下洗手乳，「妳對我好像很有敵意呢。」

「……妳對我才有吧？」

她聳聳肩，「我覺得沒有啊，我爲什麼要對妳懷有敵意？」

「妳明明有！」烘手機運轉的聲音很大，我只得更大聲地回了這句話。

「哦？妳要不要舉個例子？」她沖掉手上的泡沫，臉上的笑意不減。

「妳、妳畫了謙的背影、約他去美術專門店、然後邀約了這場聚會……」我支支吾吾地說了一串。

「妳是說素描嗎？我不知道妳有沒有看過我其他張畫，我畫過很多人的背影，不管是誰，只要剛好坐在我前面，我就會畫。另外，那天我不是只單獨約宇文謙，我們彩繪社很多社員會一起去美術專門店，而這場聚會也是社團聚餐呀！」金巧文覺得好笑，她走到我身邊，「借過，我也要吹。」

她白皙的手平舉在出風口前吹著熱風，此時我的洋裝也差不多乾了，所以我往後退了些。

「妳這是假借社團聚餐的名義，其實重點只是要約謙出來見面吧！」

「妳有證據嗎？」她說。

「妳……因爲妳討厭我，妳剛才看見我來的時候在瞪我！」

從以前到現在，我和不少男生吵過架，卻從來沒有和女生吵過，沒想到和女生吵架這麼麻煩，女生能言善道，還能用輕藐的態度惹人不耐煩。

「哈哈哈，因爲哪有人會跟去男朋友的社團聚會，而且明明知道要吃燒烤還穿淺色衣服，這讓我覺得妳是個麻煩的女人。」金巧文對著我笑，笑容卻不帶惡意，「可是有件事妳說錯了，我並沒有討厭妳，事實上是妳討厭我。」

我皺眉不語。

「因爲妳以爲我喜歡宇文謙，所以才會覺得我做出的任何行爲，都像是在對宇文謙放電，才會認爲我每個舉動都是在勾引他，而我臉上的任何表情都是在討厭妳。」

「妳就是喜歡謙，不是嗎？」

「哈哈哈，怎麼可能？就算你們口口聲聲說彼此不是男女朋友，並沒有在交往，可是誰會跟異性朋友每天形影不離，還十指緊扣？聰明的女生才不會去喜歡這樣的男生，自討苦吃。」她瞇起眼睛，「而且，妳才喜歡宇文謙吧。」

「我、我沒有！」我矢口否認。

金巧文失笑，「妳就儘管否認吧，反正宇文謙是喜歡妳的，旁人都看得出來。」

「……那妳爲什麼剛才要瞪我？」

「我有嗎？」

「有，在我剛踏進燒烤店的時候。」

金巧文的眼珠轉了轉，「喔，那個呀，那不是因爲妳的關係，而是因爲……」她有些不好意思，「社長伸手碰妳的肩膀，所以我不喜歡。」

「社長？妳是說……妳喜歡的是……」

「噓！小聲一點！」金巧文臉上閃過一絲緊張，「我不喜歡誤會，所以特地來跟妳說清楚，但這件事是祕密，妳連宇文謙都不能說，知道嗎？」

「……所以一切都是我誤會？」

「對，蠢斃了，剛才還那麼大聲拒絕我陪妳來洗手間，妳知道我有多糗嗎！」她橫我一眼。

「對不起……」我頓時覺得心虛。

金巧文倒是很大量，「算了，沒關係，以後好好相處吧。」

她朝我伸出一隻手，我猶豫了一下，才回握住她的手。

我握過宇文謙的手無數次，但還是第一次握女孩子的手。

回到座位後，見我和金巧文有說有笑，宇文謙明顯爲此感到好奇，卻沒有多問，倒是社長先發話：「所以說呀，女人心海底針，剛才這兩個明明還水火不容，去個廁所回來就變成好姊妹了。」

「你不講話沒人當你啞巴。」金巧文笑著將一塊熱騰騰的烤肉塞進社長嘴裡。

「靠，很燙！」社長怪叫。

我笑看眼前這一幕，腦中想到的卻是離開廁所前金巧文對我說的話。

「妳有沒有想過，爲什麼會討厭宇文謙有妳不知道的生活？有沒有想過爲什麼會討厭接近他的女生？因爲妳喜歡他呀，青梅竹馬最麻煩的就是相伴在一起的時間太久了，這讓你們成爲最親密的人，也成爲最遙遠的人。」

我喜歡宇文謙，但並不是屬於愛情的那種喜歡。

凝視著宇文謙的側臉，我的心緊緊一縮，反正不管我們之間的感情是什麼，我們都會永遠陪伴著對方，這才是最重要的事。

第七章

自從和金巧文把話說開之後，她主動加我爲臉書好友。她可能是出自於好玩的心態，或是想逼我承認自己的感情，所以每次只要我或宇文謙在臉書上貼出兩人的合照，她總是會在下面留言糗我們幾句。

高一下學期，宇文謙開始變得比較常更新臉書動態，有時甚至還會騷包地放上幾張自己的自拍照，而金巧文這傢伙竟故意去回了句：

「好帥喔（蘇子毓別生氣）。」

我原本都假裝沒看見，置之不理，但久了金巧文居然還會在留言裡特地標記我！我暗自決定下次見到她非要狠狠捏她幾把不可。

某天放學，宇文謙要去社團教室畫畫，我原本也打算跟過去，順便落實對金巧文的復仇計畫，但是仔細想想又覺得算了，我的攻擊力比金巧文弱，面對面扭打起來一定會輸，所以我告訴宇文謙自己會在圖書館等他。

圖書館裡有處閱讀區，大片窗戶外面正對著美麗的花園，花園中央有座噴水池，一旁種滿色彩繽紛的小花小草。

我捧著一疊童話繪本坐在這處閱讀區，翻開早已看過千萬遍的眾多公主系列故事，想起小時候還認定會有王子前來拯救我，就覺得好笑。

拯救我的人早就出現了，只是不是王子，王子只存在童話裡，宇文謙則是現實生活裡活生生的人。

我闔上童話繪本，這是我最後一次翻看這些繪本了。對於小時候的我而言，童話的幸福快樂結局是我對於未來的期許，然而現在有宇文謙牽著我的手，我已經不再需要童話故事的慰藉。

突然我的視線被窗外吸引，嚴若璃和劉尚倫不知何時並肩坐在噴水池畔，似乎正在聊些什麼。我好奇心起，連忙將繪本放回書架，躡手躡腳跑到花園裡，躲在他們看不見的死角處。

「所以說啦，我只要有若璃就夠了。」劉尚倫不正經地說著，頭還往嚴若璃的肩膀上靠。

「不要動手動腳，我跟你說過好幾次了。」嚴若璃伸手推他。

「爲什麼？我們是青梅竹馬耶！」劉尚倫嘻皮笑臉。

「沒有青梅竹馬會這樣。」

「宇文謙和蘇子毓才叫誇張吧？跟他們相比，我們根本沒什麼。」劉尚倫翻了個白眼。

嚴若璃的嘴角微微勾起一抹難以察覺的苦笑，「總之，我不喜歡你這樣，這些舉動請你去對其他女人做。」

「我對其他女人做的可就不只這樣，哈哈。」劉尚倫臉上全是頑皮的笑意，一陣手機鈴聲忽然響起，他迅速接起電話，「我在圖書館後面的花園，妳看到我？喔，沒有，不是啦，可以過來呀！」

劉尚倫掛斷電話後，嚴若璃皺著眉頭說：「又是你那些不是女朋友的女朋友？」

「嗯，她看見妳，以爲我正在忙，就說了不是了嘛，妳跟她們才不一樣呢。」

劉尚倫話才說完，一個長髮女孩朝劉尚倫走近，她先是對嚴若璃微笑點頭，然後彎下腰輕輕吻了劉尚倫的唇。

「我青梅竹馬在耶。」劉尚倫笑著對那女孩說。

「反正只是青梅竹馬呀。」女孩瞇著眼睛，「不然我們去別的地方？」

「滾吧。」嚴若璃淡淡地說。

然後劉尚倫便和那女孩牽著手離開。

劉尚倫還眞不是普通的爛！

我實在看不下去了，正準備悄悄走開的時候，突然聽見一聲嘆息。

轉頭一看，坐在噴水池畔的嚴若璃低垂著頭，雙手握拳猛敲自己的腦袋，大喊：「可惡啊！我這個笨蛋！」

我被她嚇了一跳。

「劉尚倫你這個混蛋——」她猛地抬起頭，我看見她眼睛裡搖搖欲墜的淚水，而她看見我滿臉錯愕地站在草叢後方。

這下換嚴若璃嚇到了，她大張著嘴，好一會兒才吐出一句話：「子毓，妳聽到什麼了？」

「呃……還看到了。」我傻笑。

「過來。」她對我招手。

現在是要殺人滅口嗎？

但我還是乖乖走過去，坐在剛才噁心劉尙倫坐過的位子。

「妳喜歡宇文謙嗎？」

怎麼劈頭就是這個問題呢？這跟宇文謙有什麼關係啊！

「妳喜歡劉尙倫？」所以我反問。

嚴若璃一向表情清冷的臉上泛起紅暈。

「眞的假的，可是他……很糟糕耶。」我大驚。

「妳是剛剛才知道他是這種人，還是之前早就知道？」

「上學期就知道了。」我告訴嚴若璃，我曾經親眼目睹劉尙倫和其他女生糾纏不清。

「嗯，我國中就知道了。他從國小就很受女生歡迎，但開始會對女生做出親密舉動是在他國中的時候。」她雙腳盤坐，手放在膝蓋上，「他第一次問我能不能親我時，我以爲他喜歡我，便答應了，結果他親了我之後卻說，他不該對我做出那種事情，因爲青梅竹馬就只是青梅竹馬。」

「什麼？」我完全傻眼。

「很白痴對吧？親了我以後，他發現我對他來說只是青梅竹馬，但被他親了以後，我卻發現他對我來說不只是青梅竹馬。」嚴若璃側過頭看我，臉上流露出傷感。

「他眞的……太差勁了……」

「也不能這麼說，換個角度想，對於他來說，我還是很特別的存在，不是嗎？」她跳下噴水池，伸了個大大的懶腰，「倒是妳跟宇文謙，讓我覺得很羨慕。」

「宇文謙不會做那樣的事。」不要把他跟劉尙倫那種人相提並論。我又問：「妳沒問過劉尙倫的想法嗎？他甚至和有男朋友的女生接吻耶！」

「他說，就是因爲這樣才更讓他搞不懂爲什麼要跟女生交往。如果交往之後，就只能喜歡一個人、只能對一個人忠誠，那爲什麼那些已經有男友的女孩也會跟他玩？」嚴若璃擦掉眼角的淚，「他說如果他還搞不清楚什麼是喜歡、什麼是交往，那就表示他還不需要那些。」

「……這些事情有誰知道？」

「妳指的是劉尙倫的行徑，還是我的心意？」她的語氣淡漠。

「都有。」

「嗯，鄒衙和蔡宗貴都知道劉尙倫的行徑，劉尙倫並沒有特意隱瞞。至於我的心意，蔡宗貴私底下問過我，我也坦白承認了，所以他知道：鄒衙雖然沒問過，但他很聰明，我猜他也看得出來。」嚴若璃笑了笑，「現在妳也知道了。」

「所以蔡宗貴才會老是在劉尙倫對妳有肢體上的碰觸時，出手制止？」

「是呀，他說他不想看見同樣的事情重複上演，所以要適時阻止。」

「同樣的事情？」

「我也不知道他那是什麼意思，每次問他都不肯說。」嚴若璃聳聳肩膀，「啊……我想鄒衙應該知道我的心意，因爲他有一次對我說：『若璃，妳就是要若即若離，尙倫才會發覺妳的重要。』。」

我用力點頭，「說不定就是這樣！」

「可是，誰說青梅竹馬就一定能永遠在一起呢？也許到了後來，劉尙倫還是會愛上另一個女生，最終我們還是會分開。」嚴若璃神情有些悵然。

頓時我的腦海裡浮現出宇文謙的臉。

「我和謙會永遠在一起。」我十分肯定。

「妳眞的那麼想嗎？如果有一天宇文謙喜歡上別人呢？」

「謙喜歡我！」我想都沒想就脫口而出。

嚴若璃先是一愣，接著忍不住笑了出來，「所以妳自己也是知道的，妳跟劉尙倫一樣，都知道我和宇文謙的感情，可是不願意接受，卻又把我們留在身邊，用青梅竹馬這層關係呼攏我們。」

「我沒有，我和謙之間的關係不是那麼簡單就能說明清楚，他答應過會永遠待在我身邊。」

嚴若璃垂下眼睛，「沒有什麼事情是永遠的，每天都在改變，現實生活可不是童話故事，永遠幸福快樂這句話是世界上最大的謊言。」

我用力搖搖頭，像是要否定嚴若璃的話，也像是想要結束這個話題。

「我要去找謙。」我轉身就走。

「蘇子毓。」嚴若璃喊住我，「如果妳同情我，就試著爲宇文謙設身處地想想吧，他應該比我更痛苦，至少劉尚倫還讓我知道自己的定位，可是妳卻給了宇文謙無限的希望。」

我不理她，一路跑向彩繪社的社團教室，所有社員正專心畫著油畫，而我不管不顧地直朝宇文謙奔去，猛地從背後緊緊抱住他。被我這麼一撞，宇文謙的畫筆在畫布上用力撇過，原本一片藍黑色的畫面中央出現了一條突兀的白線。

「子毓？」宇文謙嚇了一跳。

「蘇子毓，現在是社團時間！」金巧文大叫。

「好了好了，給年輕人一點空間，我們要心無旁鶩，專心作畫。」社長邊說邊忍不住笑。

我緊緊抱住宇文謙，不管其他人怎麼說，也不管眾人投來的驚訝眼神，我的雙臂開始顫抖，漸漸覺得呼吸困難。

「子毓，妳怎麼了嗎？」察覺到我的不對勁，宇文謙的手握上了我環抱在他脖子上的手臂，我的眼淚一滴滴落在他的手上。

宇文謙立刻站起來，把我抱在懷裡，輕聲哄著我。

社長嘻嘻哈哈地說：「放閃請到別處……」

他話還沒來得及說完，就被金巧文用畫筆攻擊。

「好了，別哭了，我們到外面吧，嗯？」宇文謙在我耳邊溫聲安慰我。

於是宇文謙連哄帶騙地將我扶出社團教室，我一路上都緊緊抱著他，站在走廊上的學生看見我們如此親密的舉動，目光全都朝我們看了過來。

「子毓，要待在這裡，還是要去其他地方呢？」宇文謙輕柔的嗓音在我的頭頂響起，我把頭埋在他的胸口，雙手絲毫不肯放鬆。

他無奈地嘆了口氣，一手摟著我，一手像是哄小嬰兒一樣輕輕拍撫著我。

「謙，你會不會一輩子陪著我？」

「咦？妳就是要問這個嗎？」

「你說會不會呀！」我跺腳，抬起頭看他，淚眼矇矓。

「會，我會一輩子陪在妳身邊，永遠不會改變。」他微笑，再次許下好幾年前就給過我的承諾。

「真的？永遠不會變嗎？不管發生什麼事情？」

「只要妳還需要我，我就會在妳身邊。」他的嗓音軟甜，像是鎮定劑一樣，讓我所有的不安都消失了。

我緊貼著他的胸口，聽著他沉穩的心跳，感到無比安心。

❖

因爲那一場擁抱，加上金巧文老是在臉書上調侃我和宇文謙的關係，即便我們還是會澄清彼此只是感情很好的青梅竹馬，卻有越來越多人認定我們根本是情侶。

「那樣的相處模式還說只是青梅竹馬，抱歉，我眞的打死也不信。」鄒衛扮了個鬼臉。

劉尙倫則聳肩不予置評，就連嚴若璃也只是繼續埋首書中不做任何反應，倒是蔡宗貴一直若有所思地打量著我們。

「好了，不要再討論這些了。老師說我們差不多該爲高二分組做準備了，上次意願調查結果，班上大多數同學都是選擇文組，所以如果沒有意外的話，我們班會直升文組，少數幾個選擇理組的同學轉出後，會再轉入從其他班分出的文組生。」宇文謙宣布這項消息。

「話說回來，校慶是不是快到了？」鄒衛問。

「對，暑假前會有校慶活動，今年好像是六十週年，所以特別盛大，每班都要準備遊行隊伍。」宇文謙從抽屜取出一疊白紙，走到教室前面，放在每排座位第一個人桌上，「請大家把對於遊行的想法寫在紙上，到時候再來討論。」

「喔耶！」鄒衛歡呼。

「你很期待校慶？」我問他。

「因為我……」

「鄒衙喜歡任何熱鬧的活動。」鄒衙話才說到一半，嚴若璃立刻接下去。為此鄒衙瞪大了眼睛，臉上浮現出明顯的喜色。

「哇，妳很瞭解他嘛……」我想也沒想便說。

「因為我和她是國中同學，很熟啦！」鄒衙丟下這一句話，便起身鼓動其他同學一起寫下「百鬼夜行」這個遊行主題。

鄒衙的態度似乎變得有些不太自然，而他與嚴若璃、劉尚倫之間也似乎瀰漫著一股微妙的氣氛。

「子毓，想到要寫什麼主題了嗎？」宇文謙走到我旁邊，將白紙遞給我。

「就寫『百鬼夜行』吧。」我說。

「不要讓事情朝著鄒衙想要的方向發展。」蔡宗貴忍不住出聲抗議。

但最後事實證明，大家果然很聽鄒衙的話，班上同學幾乎過半都寫了「百鬼夜行」，甚至連劉尚倫和嚴若璃都是。

於是我們班的遊行主題便就此定下，利用班會時間討論過每個人想要扮演的妖怪之後，找出圖鑑或圖片，再委託宇文謙所在的彩繪社幫忙畫出基本人物草圖，服裝則各自想辦法張羅。

隨著校慶時間趨近，越來越多人放學後會留下來縫製遊行服裝。宇文謙還有彩繪社要忙，於是我自告奮勇爲他縫製，反正宇文謙選擇扮演的是木棉妖，只要穿上一襲白棉布衣就可以，製作起來不會太難，但我忘了丈量他的身長尺寸，所以我拿著卷尺來到彩繪社的社團教室。

宇文謙正凝神作畫，他面前的那幅畫滿布一片濃厚的藍色與黑色。

「謙，我要量一下你的身長，好裁剪白棉布。」我忽然出聲，讓所有正專心畫圖的社員們嚇了一跳，金巧文甚至對我嘖了好大一聲，我趕緊向她眨眨眼，順便刻意朝社長一瞥，示意金巧文別對我太計較，畢竟我可是知道她喜歡的人是誰。

她瞬間理解了我的意思，漲紅了臉，一副有苦說不出的樣子，索性繼續埋首於畫作上。

「長度大概到膝蓋就好了。」宇文謙站起來，「抱歉，讓妳還得爲我做遊行服裝。」

「沒關係啦，不礙事，你就專心在社團上就好了。」我說完這句話，社長重重咳了好幾聲。

我扭頭看向牆上新掛上去的社員畫作，其中有一幅油畫，畫的是公園裡的日落景色，越看越覺得眼熟，我指著那幅畫，狐疑地問宇文謙：「那該不會是……」

「嗯，是我們每次在公園欣賞的夕陽風景，很美吧，那幅畫我可是下足了功夫呢。」

我眞的很意外，沒想到宇文謙的繪畫技巧進步了這麼多，凝視著那幅畫，我彷彿眞的見到了公園裡的日落景色。

「原本想用那幅畫參展，但我改變心意了，決定改用這幅。」他指向自己的畫架。定睛一看，宇文謙畫架上的那幅畫，就是上次我忽然衝過去抱住他時，他的手一歪，而讓畫面突兀地多了一道白色顏料痕跡的那幅。

「可是這……」我仔細端詳那幅畫，那道白色顏料痕跡經過宇文謙的修飾後，成爲了黑藍夜空中的璀璨流星。

「我原本只打算畫上幾顆小星星點綴夜空，但因爲妳的緣故，讓黑夜裡出現了流星。」他笑著伸手在畫布上比劃，手指沾滿顏料，看起來好快樂。

「我毀了你的畫……眞是抱歉……」我滿心愧疚。

「不是這樣的。」宇文謙搖頭，「流星呀，總是在出乎意料的時間出現。所以我還要謝謝妳，替我的畫增添了美麗的意外。」

被他這樣一說，我都不好意思起來了，低頭小聲說：「是這樣喔……」

「老師，救命啊啊啊啊，我快要瞎了，我畫不下去了！」社長站起來大吼，其他男社員們也群起抗議，說我們這樣很不道德，不應該旁若無人地放閃。

我和宇文謙相視而笑，又說了那句只會讓所有人更加氣憤的辯解：「我們只是青梅竹馬啦！」

量完宇文謙的身長後，我在走回教室途中，碰巧遇見見古一杰和章易仲迎面而來，古一杰先舉手和我打招呼。

「我們剛剛經過你們班教室，沒見到妳和宇文謙，我還以爲你們回家了，你們的校慶遊行服裝準備好了嗎？」古一杰稍微變胖了些，語調輕快。

「謙的社團有事要忙，所以由我幫他縫製遊行服裝。剛剛我就是去彩繪社幫他丈量身長，所以才不在教室。」我對章易仲點頭微笑，自從上次我對他的訊息已讀不回之後，已經有好長一段時間都沒有聯絡。

「妳對他還眞是好啊！不過，宇文謙對妳更好。」古一杰打趣。

「怎麼個好法？」章易仲問。

古一杰張口正想回答，我立刻轉開話題：「對了，你們班的遊行主題是什麼？」

「巴西嘉年華，不知道哪個白痴提議的，衣服有夠難做。我們建議女生全都穿比基尼配草裙就好，這樣才能呈現出巴西的熱情呀。」古一杰眼睛都亮了。

「沒錯沒錯！」章易仲附和，接著兩個男生不約而同發出猥瑣的笑聲。

我暗暗鬆了口氣。

古一杰不是大嘴巴的人，而宇文謙也沒想要刻意隱瞞自己的出身，但我不希望別人知道宇文謙在育幼院長大，也不希望別人知道我被媽媽拋棄，以及那些我和他小時候的過去種種。

南苑除了我和古一杰以外，應該沒有第三個樟小畢業的學生，就算有，也必定不是同一屆。

那些過去我想要都留在過去，不希望再讓人知道。

「好了，我們要去幫班上同學買飲料，妳要喝嗎？」古一杰問。

「我就不用了，要快點回去做衣服，謝啦。」

「好吧，那掰啦。」

我對他們兩個人揮揮手，然後繼續往教室走去。走著走著，突然聽見身後傳來一陣急促的腳步聲，我立刻扭頭一看。

「剛剛忘了拿班費，所以我現在要回去拿。」章易仲的話讓我半信半疑，他神態自若地提議：「我們一起走回教室吧。」

我隨口應了聲，立即加快腳步，不想和他獨處。

「妳剛才是故意跳轉話題的，對吧？妳不想別人知道妳和宇文謙的過去？」

然而章易仲早就看穿我的心思，開門見山地問我。

我知道他是個很敏銳的傢伙，最糟糕的是他還是那種打破砂鍋問到底的個性，所以我索性直接回答：「沒錯，所以你也不要問了。」

「那一杰是你們在什麼時期的朋友？」章易仲又問。

我內心警鈴大作，也不管他會不會找古一杰求證，淡淡回了句：「國中時期。」

這句話也不算說謊，古一杰的確和我們就讀同一所國中。

章易仲「喔」了好長一聲，不曉得信不信我的話，臉上依舊是那副吊兒啷噹的神情。

「不要跟著我，快回教室拿錢去幫古一杰付賬。」我想要催促他先離開，但章易仲只是點點頭，依舊拖著緩慢又欠揍的腳步跟在我旁邊。

「這短短半年來，我聽到好多流言喔，所以容許我求證一下，妳和宇文謙到底有沒有在一起？」

「沒有，我不懂你爲什麼一直要問這個問題。」

「因爲這很重要啊，我總是得先搞清楚狀況，才能做後續的事情吧。」

「你要做什麼事情？」我警戒心起。

「妳說呢？」他瞇起眼睛，露出不懷好意的微笑。

我的背脊一陣發涼，章易仲這個人到底在打什麼壞主意？

「噗，看妳這麼緊張的樣子，我開玩笑的啦。」章易仲笑了一聲，又恢復平常的模樣，「我不是有加你們兩個的臉書嗎？跟上學期相比，你們現在更常放上合照，也會寫一些有的沒的曖昧訊息，爲什麼都這樣了還不在一起？」

「我們是很好的朋友，難道不是男女朋友就不能這樣在一起嗎？」

「也不是不能，我應該換個方式問。」章易仲定定地望著我，「如果有一天，宇文謙交了女朋友，或是妳交了男朋友，你們之間又會如何呢？」

我皺起眉頭，「謙不會交女朋友。」

「喔？妳這麼肯定？」

因爲他喜歡我。

但我咬唇不答。

「那如果是妳交了男朋友呢？」他走到我前面，擋住我的路

「我不喜歡回答假設性問題，但我可以保證，不論我和謙身邊有沒有別人，我們都會永遠陪伴彼此。」我掠過他，朝前方快速走去，而章易仲的訕笑聲在後頭響起。

「都這樣了還不算交往，偏偏說什麼會永遠陪伴對方，你們把你們未來的伴侶當成什麼啦？」他音量不大，卻清楚地傳進我耳中。

「關你什麼事！」我氣得轉過頭，回了他一句，說完便頭也不回地快速奔回教室。

我明明從不在意別人的眼光，不管別人怎麼說我和宇文謙，我總認爲之所以會有那些流言蜚語，是因爲他們根本不了解我和宇文謙之間是如何一路走來的。

但此刻我才明白，別人才不管我和宇文謙有著什麼樣的過往，他們只會憑眼中所見驟下定論。

我一面縫製宇文謙和我的遊行服裝，一面回想章易仲種種怪異的行徑。

❖

校慶那天，天空藍得很清澈，氣溫適中，學校裡到處都是人潮，前來參觀的校外人士無不讚歎南苑校園的美麗，在鯉魚池、蓮花池以及藤蔓步道拍了不少照片，我聽見好幾個國中生都說未來也想要報考南苑。

這讓我們南苑的學生更加得意，穿著南苑的制服在校內行走，便能聽見來自人群的欣羨聲。

參加遊行的班級都換上了遊行服飾，我穿著一身全白和服，我的肌膚還算白皙，配上一頭烏黑長髮，一看就知道我裝扮成雪女；而宇文謙則穿著我幫他做的木棉妖服裝，其實就是在白布上剪三個洞，讓他的頭、手可以伸出來，白布長至膝蓋，腰間再用麻繩束起，很不專業的木棉妖立即變身完成。

我們班的遊行主題雖然很華麗地訂爲「百鬼夜行」，但眾人身上的服裝根本就是胡亂製成，有些班級倒是偷懶得很乾脆，全身裝扮都是用租的。

出乎意料之外，表現最專業的竟是古一杰他們班上的巴西嘉年華，敢秀又會跳舞的那幾個男女生領頭走在隊伍最前方，大方扭腰擺臀，有幾個女孩還眞的穿上性感的比基尼和草裙，讓所有圍觀群眾的情緒high到最高點。

遊行結束之後，沒有參加遊行的班級負責園遊會擺攤；我們班則是就地解散，大家各自在校園中晃盪。

無意間瞥見劉尙倫跟一個別校的女生偷偷摸摸地往教室走去，我不禁大翻白眼，今天校慶人這麼多他還想幹什麼？而且居然連別校的女生都染指。

鄒銜、嚴若璃和幾個穿便服的男生坐在小涼亭裡聊天，我和宇文謙經過時，嚴若璃叫住我們，把那幾個男生介紹給我們認識，才知道原來那幾個男生是她和鄒銜的國中同學。

「劉尙倫又跑去哪裡跟女生玩了嗎？」其中一個男生問。

聞言，嚴若璃的臉色微微一變。

「誰知道，我等一下打電話叫他過來。」鄒衔聳聳肩，「話說你們有看到菜頭貴嗎？」

「沒看見耶，把他也叫來吧。」那個男生回話。

嚴若璃向鄒衔遞去一個感謝的眼神，而鄒衔不著痕跡地輕輕點了點頭。

我一直覺得鄒衔雖然老是表現出一副不正經的模樣，但他其實很溫柔，或者是只對嚴若璃一個人溫柔。

有些人的溫柔是不容易察覺的，等注意到的時候，才會猛然驚覺自己已經被對方的溫柔保護了很多次。

和嚴若璃、鄒衔道別之後，我和宇文謙買了三年級學長姊強力推銷的炒麵麵包，兩個人坐在中庭的長椅上，正準備大快朵頤，此時卻有兩個外校的女學生不時看向我們這邊，頻頻竊竊私語。

「她們是誰？」

「什麼？」宇文謙壓根不知道我在說什麼。

那兩個女生倒是主動走了過來，小心翼翼地開口：「請問你是宇文謙嗎？」

宇文謙很疑惑，「妳們是？」

「哇，果然是宇文謙，我們很喜歡你的部落格，你畫畫好厲害，可以跟你請教一下嗎？」兩個女孩立刻眉開眼笑。

宇文謙一副搞不清楚狀況的樣子，他看了我一眼，兩個女孩彷彿這時才注意到我的存在似的，其中一個女孩說：「啊，妳是他的青梅竹馬！」

她們連這也知道？

我不太喜歡這種感覺。

「我很喜歡你作畫的方式，請問你的顏料是去哪裡買的？」兩個女孩再次將話題轉回美術，宇文謙雖然有些尷尬，但還是回答了她們的問題。

既然是切磋畫技，那就讓他們自行交流討論好了。

這麼一想，我便站起來，向宇文謙比了一個手勢，示意我先去其他地方晃晃，等會兒再回來，宇文謙點點頭。

於是我漫步走到後花園，這裡種植著種類繁多的花花草草，有不少穿著便服或是其他學校制服的學生在這裡拍照或聊天，在學校裡見到這樣的畫面還眞有點奇怪。

目光隨意一掃，我赫然發現蔡宗貴躲在一棟建築的樑柱後方，眼睛盯著某處動也不動，不曉得在看什麼，連我走到他身後都沒有察覺。

「你在看什麼？」我順著蔡宗貴的視線看去，只見一對外校情侶坐在椅子上合吃一份章魚燒。

「妳嚇我一跳。」蔡宗貴面無表情地轉過身，一點也不像受到驚嚇的樣子。

「剛才鄒衔、嚴若璃和國中同學在小涼亭那邊聊天，你不過去？」我看著那對情侶，忍不住又問：「你認識那兩個人嗎？」

「我知道，我原本已經要過去了，但現在進退不得。」蔡宗貴瞇起眼睛，「蘇子毓，借用妳一下。」

「什麼？」

還沒跟我解釋清楚，蔡宗貴便忽然牽起我的手，我幾乎就要大叫，他卻拉著我往前走，經過那對情侶面前的時候，女孩突然瞪大眼睛，手中的章魚燒掉到地上。

「怎麼了？沒燙到吧？」男孩立刻找出衛生紙遞給女孩，細心為她擦掉腳上的章魚燒醬汁。

「沒事，謝謝！」女孩勉強一笑。

我扭頭看去，女孩的目光定定地落在蔡宗貴牽著我的手上，眼裡的驚訝與受傷清晰可辨。

蔡宗貴沒有停下腳步，一直到過了轉角，等到那女孩再也看不見我們時，他才放開我的手。

「謝了。」他推了下眼鏡就要離開，這下換我擋到他面前。

「利用完我就想走？」我張開雙手。

「不然妳想怎樣？」他板起臉孔。

「至少和我解釋剛剛那是什麼狀況。」

「妳這麼八卦？」他話中帶刺。

「我不八卦，但誰叫你要抓我的手。」我用裙子擦了擦手，除了宇文謙以外，其他的人碰我，都讓我覺得噁心。

蔡宗貴用鼻子哼氣，「好，那我就告訴妳，順便可以給妳個忠告。」

他走向另一頭的教學大樓，我也跟過去，行經過兩間教室後，我們坐在樓梯間的階梯上，我等著他先開口。

蔡宗貴取下眼鏡，揉了揉眼睛：「那個女生以前是我很要好的朋友，她跟我告白，我們之間變得尷尬，後來漸行漸遠，就是這樣。」

果然很有他的解說風格，簡單明瞭，重點都有提到，卻沒有細節。

「既然這樣，何必要抓著我的手從她面前走過？你直接跟她打招呼不就好了，又爲什麼要躲著她？」

蔡宗貴瞪著我，沉默許久，像是在考慮到底要不要跟我說。

半晌，他才悻悻然地回答：「我和她是小學六年級那年認識的，後來國中同校不同班，有段時間我跟她走得很近，互動也很親密，她向我告白，而我卻選擇拒絕。她問我：『爲什麼都牽手了，卻不能在一起？』我跟她說，牽了手不代表就會是男女朋友，她逼問我是不是跟每個女生都這樣，我覺得很煩，就回說會這樣自作多情的只有她。」

「你眞的會隨便牽每個女生的手嗎？」

「當然不會，只是那時候我不知道自己是怎麼想的，我不想要我和她的關係有任何改變。我以爲隔天就會沒事了，誰知她卻從此不再出現在我面前，直到她走遠了，我才知道自己……」他沒有把話說完。

「那你有想過要告訴她嗎？」

「妳剛剛也看見了，等我明白自己的心意時，她已經答應和那個男生交往了，那個男生從很久以前就一直很喜歡她，她曾經幾次跟我提過那個男生對她很好，但我從未想過她會接受他。」蔡宗貴聳聳肩，「事情過了就過了，現在即便再向她說起這件事，也不會有任何好處。」

「至少她會知道你的心意。」

蔡宗貴冷笑，「然後呢？她跟我在一起嗎？那那個男生怎麼辦？一直喜歡她，然後也好不容易在一起了，難道要我為自己犯下的錯誤再去犧牲另一個人？我會讓她變成壞人、也會讓那個男生痛苦。所以不如就讓我一個人當壞人，反正她喜歡我、在我這邊受過傷，才會更懂得珍惜喜歡自己的人。」

「……我沒想過你會這樣想。」

「所以我每次看著妳和宇文謙，還有劉尚倫和嚴若璃，就會覺得很煩。」

「我們哪裡惹到你了？」我立刻不悅。

「你們這種相處模式不正常，不管有什麼過去或是什麼理由，別人都不會知道，既然別人不知道，就沒辦法接受你們明明不是男女朋友卻又如此親密。」蔡宗貴重新戴上眼鏡，站起來俯視著我，「妳和宇文謙未來會如何，我是不知道，但絕對不可能永遠維持這種奇怪的狀態不變。而嚴若璃和劉尚倫之間的關係如果繼續維持現狀，終有一天必定會走向決裂，就像我和那個女生一樣。」

我一時說不出話來。

待蔡宗貴離開後，我一個人繼續坐在樓梯間，動也不動。

宇文謙曾經說過，只要活著就有機會改變，然而他也跟我說過，我們之間永遠不會改變。

改變是不是一定會到來？

改變究竟是好還是壞？

美好的事物是不是不可能長存？是不是就像宇文謙所畫的流星一樣，終有一天會隕落？

我思考著這些過去不願意面對的事情，有太多人質疑我和宇文謙之間的關係，讓我對於我和他之間的「承諾」也漸漸產生懷疑。

「妳怎麼躲在這裡？我找了妳好久。」宇文謙忽然出現，他大口喘氣，額頭上滿布汗珠。

「你跑遍了全校找我？」我笑著朝他伸出手。

「嗯，還好在第三棟教學大樓就找到妳了。」他牽著我的手，蹲跪在我面前，目光與我的視線平行。

如果只是青梅竹馬，怎麼會跑遍了全校找尋我？

是因爲我知道他喜歡我，所以我才會如此理所當然地接受他對我超出友情的關心？

還是眞的是因爲我們過去那些共同經歷，讓他超乎尋常的關心得以有冠冕堂皇的理由？

「那兩個女孩走了？」雖然我的心中滿是疑惑，但最後我還是只能問出這種無關緊要的話。

「嗯，聊完一些繪畫的事就走了，她們是別校的美術班學生，也跟我說了很多我不知道的繪畫技巧。」宇文謙眉飛色舞。

「該不會還加臉書好友了吧？」我笑。

「當然沒有。」宇文謙皺起眉頭，「不過有點奇怪，她們不是我的臉書好友，怎麼能看見我的照片和貼文？」

「可能你們有共同好友，所以才會看見吧。」我捏了捏他的手心。

「這也不可能，我有設定我的發文只限好友能看見。」

「你沒有問她們？」

「她們走了我才想到。」

「不過反正她們提到的那些照片和貼文，確實都是你曾經發表在臉書的，不是嗎？」

「是沒錯。」宇文謙聳聳肩，「算了，說不定是我想太多。」

「有可能。」我先是看著我們交握的手，再抬頭望著他，「謙，你有想過我們之間會不會改變嗎？」

「妳怎麼啦？最近老是怪怪的。」他的目光閃過一絲擔憂，「我們之間不會改變的，我說了，只要妳需要我，我就永遠都會在。」

「可是……世界上沒有永恆不變的事物，不是嗎？」我仍然憂心忡忡。

「也許眞的是這樣沒錯，可是我與妳一起經歷過這麼多，妳說過我是妳的救贖，其實妳也是我的救贖，這種羈絆不會輕易消失。」他堅定地看著我。

我心裡感到很難受，忍不住紅了眼眶，將臉埋進他的肩膀，他輕輕環抱住我。

這時候的我們都沒有料到，越是堅不可摧的羈絆，越是容易碎裂。

第八章

放暑假的時候，宇文謙帶著育幼院的孩子們出外玩了幾天，等他回來後，我們兩個都各自忙著打工。然而即便如此，宇文謙還是會想盡辦法擠出時間與我見面。

他會帶著溫熱的奶茶來到我家樓下，偶爾還會有甜甜圈，我們兩個邊吃邊聊起這幾天發生了哪些事。我看得出來他其實很累，哈欠連連。

但我還想和他多說些話，我不想讓他離開，只是我都會努力把這個念頭壓下去。

宇文謙看著我的眼神越來越溫柔，偶爾當我意識到的時候，我早已整個人貼靠在他的肩膀上，和他親密地十指交扣。

這種時候，我便會在心裡問自己：這樣的相處模式眞的正常嗎？

可是很快地，另一個我便會反駁：當然正常，爲什麼要因爲別人說些什麼，而質疑自己或宇文謙呢？

宇文謙喜歡我是一回事，而我們會永遠陪伴彼此又是另一回事。

這兩件事並不衝突。

❖

高二開學，因爲班上大多數同學都選擇文組的緣故，放眼望去幾乎都是老面孔，只有兩、三個新同學被分發到我們班來。

「喂，禮拜六是若璃的生日，高一的時候跟你們還不太熟，所以沒邀你們，現在都同班一年了，是不是該賞個臉過來一起慶祝？」經過一個暑假，鄒衒把原本幾乎變黑的頭髮再次染成金色。

「要準備禮物喔，禮到人不到沒關係。」劉尙倫笑著說。

「別理他們，人來就好。」嚴若璃雖然瞪了劉尙倫一眼，嘴角卻浮現笑意。

「以往都是去外面吃飯，這次乾脆到某個人家裡聚餐如何？」蔡宗貴提議。

「那就去你家吧。」鄒衒說，所有人都表示贊成。

「爲什麼？」蔡宗貴瞇起眼睛。

「因爲是你提議的，提議的人有責任提供場地。」劉尙倫立刻拍手，鄒衒也跟著拍。

「以後我不會再發表意見了。」蔡宗貴有些負氣，低頭看起手上的書。

「沒關係，這次先去你家就可以了。」鄒衒嘿嘿笑著。

「對了，你們兩個的生日是什麼時候？」嚴若璃問。

「十二月和一月。」宇文謙回。

「嗯，宇文謙一看就是十二月出生的，蘇子毓就該是一月。」鄒銜點點頭，一副就該是如此的樣子。

「爲什麼？」換我發問。

「因爲你們的個性很符合各自的星座特性啊。」鄒銜兩手一攤，「我們幾個的生日也差不多在那時候，不如十二月再辦一場盛大的聯合慶生會吧。」

以往我和宇文謙的生日總是兩個人一起過，這還是第一次有朋友提出邀約要一起過生日，好像還滿有趣的，況且我們還是可以兩個人一起先提早過一次生日。

「好久不見了，蘇子毓。」我從合作社走回教室的時候，在路上巧遇章易仲。

升上高二後，他和古一杰被分到不同班級，教室離我們班更遠了。老實說，下課不會在走廊上遇見他，讓我心裡覺得輕鬆多了。

「嗯。」

「哇，好冷淡，妳很不想見到我嗎？」章易仲像是一點也不在乎我的反應，只是笑了笑，他嘴角的酒窩和宇文謙很不一樣，看起來一點也不眞誠。

「還好。」

「並沒有否認呀。」章易仲輕佻一笑，「話說，最近妳和宇文謙好像沒什麼在更新臉書呀。」

「因爲暑假忙著打工，而且我本來就不太常用臉書，我甚至不知道你有在關注我們的動態。」

「也不是關注，偶爾會看一下。」章易仲朝我走近了些，我警戒地往後一退，他失笑，「妳別那麼害怕，有件事情不好大聲嚷嚷，所以想私下問妳。」

我有不好的預感。

「我聽說，宇文謙是在育幼院長大的，而妳是和阿姨一起住？」

章易仲是怎麼知道這兩件事的？古一杰應該不可能會告訴他。

我沉住氣，盡量不讓自己露出驚慌的神情。

「謙本來就沒有特別隱瞞他家裡的事。」我的語氣平靜，「我和阿姨住又怎樣？」

「妳別這麼防備，我只是過來確認消息的眞僞。」他的嘴角一揚。

「你哪來的消息？」

「這就不能說了。」章易仲臉上的表情十分耐人尋味，鐘聲正巧在這時候響起，他又笑了笑，「我回教室了。」

我下意識覺得，最好別再跟章易仲有任何牽連。

我將這件事情告訴宇文謙，他雖然皺了下眉頭，卻要我不用在意。

「反正我本來就沒想特別隱瞞育幼院的事，我曾經在育幼院遇見鄒銜和蔡宗貴，當時他們雖然驚訝，卻也沒多問什麼。」

「你怎麼沒跟我說過？他們去育幼院幹麼？」

「捐獻物資，他們把淘汰的玩具送過去。」宇文謙想了又想，又說：「我看妳還是跟那個章易仲保持距離比較好。」

「我有和他保持距離，但就是偶爾會在學校遇到他。」

「如果是巧遇就沒辦法了。」宇文謙忽然牽起我的手，「不然就是，妳盡量不要落單，這樣遇到他的機率應該就會小多了，我猜。」

「我已經很少自己單獨一個人行動了。」我回握住他的手。

「那就更常和我黏在一起吧，這樣就更不會遇到他啦。」宇文謙耍起嘴皮，逗得我哈哈大笑。

「不過話說回來，他有在關注我們的臉書呢，說是好久沒有看見我們更文了。」不知怎麼的，我有點在意這件事。

「是嗎？那不如現在就來更新一下吧。」宇文謙將我拉近他，拿起手機自拍了張我們兩個的合照，隨即放上臉書，並寫上一句：「買嚴若璃的生日禮物。」

「這樣不就順了章易仲的意？」我不解。

「反正他都這麼說了，就如他的意吧。」宇文謙笑著。

嚴若璃倒是馬上在臉書上回應：「約會幹麼拿我當藉口。」

不過我們今天真的是特地出來買她的生日禮物。

嚴若璃生日當天，我和宇文謙帶著合買的禮物來到蔡宗貴家，他家住在舊公寓一樓，我們抵達的時候，除了劉尙倫以外，其他人全都已經到了。

「劉尙倫去拿蛋糕，那可是他親自挑選的喔！若璃妳別太開心，乾脆趁著今天一鼓作氣告白算了，就說『我的生日願望是希望劉尙倫是我的男朋友』這樣。」鄒衙調侃。

「別說白痴話了。」嚴若璃雖然用力打了鄒衙一記，嘴角的笑意卻一直未消。

然而等了又等，劉尙倫遲遲沒有出現，嚴若璃有些擔憂，拿起手機撥電話給他，卻馬上被轉入語音信箱。

「他會不會出事了？」她焦急地站起來，打算出去找人。

「可能路上被什麼事耽擱了，不要擔心啦。」鄒衙安慰她，也傳了訊息給劉尙倫。

又過了十五分鐘，劉尙倫的手機依然呈現關機狀態，傳過去的訊息也都沒有讀取，嚴若璃打電話到劉尙倫家裡，他媽媽卻說他早就出門了。

「不行，我一定要去找找看，要是他發生什麼事怎麼辦？」嚴若璃往玄關處衝過去，被鄒衙一把拉住。

「他不會有事啦！」

「你怎麼能保證？如果他怎麼樣了，你能負責嗎？」嚴若璃語氣嚴厲。

「那要找也是我去找，壽星待在這裡等就好。菜頭貴，你家機車借我，我去蛋糕店看一下。」鄒衙向蔡宗貴索拿鑰匙。

「我怎麼可能把機車借給未滿十八歲的你，要是被警察抓到怎麼辦？」蔡宗貴丟了另一把鑰匙給他。「騎腳踏車去吧。」

「腳踏車很慢欸。」鄒衙抱怨歸抱怨，但還是接過腳踏車的鑰匙。

「我跟你去吧。」宇文謙跟著鄒衙往外走。

而我走到嚴若璃身邊，拍拍她的肩膀：「放心啦，劉尚倫那麼精明，一定不會出什麼事的，可能只是手機沒電，然後又不小心迷路了。」

「他來過我家一百次，不可能迷路。」多嘴的蔡宗貴補充。

我瞪了他一眼，他是沒看見嚴若璃現在很擔心劉尚倫嗎？

但蔡宗貴只是聳聳肩，我彷彿聽見他回我：「不要為了想哄人安心就睜眼說瞎話。」眞是死腦筋，有夠一板一眼的。

看著嚴若璃焦慮的神情，我體會到她有多麼喜歡劉尚倫，眞是不可思議，明明那麼喜歡他，平常她是怎麼藏起這份心情的？

「你在幹什麼！」外頭忽然傳來鄒衙的怒吼，我們三個對看一眼，急忙奪門而出。

一出去便看見牽著腳踏車的鄒衙以及宇文謙，前方有對男女站在一輛停靠在路邊的汽車旁，一個蛋糕盒被放在汽車頂。

「抱歉啦，我正巧遇見她，你們記得吧，以前國中隔壁班的。」劉尚倫笑嘻嘻地介紹自己身邊的女孩。那個女孩活潑地向大家打招呼，但她馬上察覺到所有人都表情不對，乾笑兩聲，在劉尚倫的臉頰上落下一個吻後便與大家告別，快步離開。

我簡直不敢相信眼前所見，而嚴若璃已經朝劉尚倫走去。

「你手機怎麼沒開機？」嚴若璃面無表情。

「手機？」劉尚倫從口袋找出手機，「啊，沒電了，沒有注意到。」

「你什麼時候到這裡的？」

「大概三十分鐘前吧，我正要進去就遇見她，所以和她聊了一會兒。」

「聊天？我剛剛看到的可不是這樣！」鄒衜冷笑了聲。

「抱歉，遲到了一會兒。」劉尚倫拿起放在車頂的蛋糕，「走吧走吧，進去過生日。」

「是什麼蛋糕？」嚴若璃問。

「嗯，我不知道耶，是鄒衜選的，我只負責過去拿。」劉尚倫如是說。

我驚訝地看向鄒衜，他嘖了聲，表情有些複雜。

嗯，他果然喜歡嚴若璃。

「那打開來看看吧。」嚴若璃又說，她的聲音平靜到相當不對勁。

「進屋裡再打開吧。」蔡宗貴走到嚴若璃旁邊。

「現在打開。」嚴若璃大喊，說完便轉身向我們招手，「過來，我現在就要打開蛋糕。」

宇文謙走到我旁邊，握緊我的手。

鄒衜將腳踏車停放在路邊，低聲朝我們吩咐：「照她說的做吧。」

於是我們六個人很詭異地站在巷子中間，由劉尚倫捧著蛋糕，所有人一起唱生日快樂歌為嚴若璃慶生，歌聲不僅微弱，還七零八落的。

嚴若璃閉上眼睛，雙手在胸前合十：「我希望從今以後再也不用為劉尙倫流下一滴眼淚。」

劉尙倫臉上的笑容頓時僵住，誰也沒料到她會許下這種生日願望。

嚴若璃睜開眼睛，右手托住蛋糕盒底，猛然一抬，將整塊蛋糕往劉尙倫臉上砸，這舉動更是出乎眾人意料之外，我甚至忍不住驚叫出聲。

「然後第二個願望，我希望，從今以後，我與劉尙倫再也沒有青梅竹馬這層情誼。」嚴若璃說完嫣然一笑，轉身跑出巷口。

「若璃！」第一個反應過來並追上去的是鄒衙。

蔡宗貴朝劉尙倫大喊：「你還站在這裡做什麼？還不快追過去？」

劉尙倫的臉上沾滿蛋糕和奶油，他用手抹去自己臉上的蛋糕，笑著說：「她幹什麼啊？為什麼脾氣這麼大？」

見他態度如此輕佻，我整個火都冒了上來，「你不准去追嚴若璃，如果你是這種態度，就不准去追！」

「我什麼態度？」劉尙倫板起臉孔，「若璃明知我是這樣的人，卻還是選擇要喜歡上我，這又怎麼能怪我？」

我覺得好氣，劉尙倫怎麼能這樣糟蹋嚴若璃的心意？既然他早就知道嚴若璃喜歡他，那為什麼還在她生日當天和別的女人廝混！

蔡宗貴說過，劉尙倫和嚴若璃將會走向決裂，也許就是今天了。

「如果不喜歡她，就不要煩她。」我狠狠瞪著劉尙倫，在氣勢上絕不能輸給他。

宇文謙牽起我的手，「好了，子毓，我們走吧。」

「哈哈，妳有什麼資格說我？那妳和宇文謙又是怎麼一回事？宇文謙，你喜歡蘇子毓，卻甘願以朋友的身分待在她身邊？你看著她爲若璃出頭是什麼心情？她擔心別人，卻從沒想過你的心情啊！」

宇文謙冷冷地看著劉尙倫，「我沒權力管你的事情，同樣的你也沒有，閉嘴吧。」

我一面哭，一面跟著宇文謙離開。

後來鄒銜追上嚴若璃了沒有？鄒銜有跟嚴若璃告白嗎？會不會嚴若璃最後還是決定原諒劉尙倫了呢？有沒有可能會迎來一個最美好的結局，劉尙倫終於發現他喜歡嚴若璃，明天到了學校，就會看見兩人甜蜜地手牽著手？

很可惜，美好的結局並不存在，隔天到了學校以後，嚴若璃已與劉尙倫形同陌路。

剛開始，我們所有人都以爲嚴若璃只是在使性子，幾天過後應該就會沒事，過一陣子，了不起一個月，她就會和劉尙倫言歸於好，畢竟他們是一起長大的青梅竹馬，情誼一向深厚。

然而，事情的發展並未能如我們所料，嚴若璃待劉尙倫再也無法和過去一樣。就連劉尙倫自己也不敢相信嚴若璃的轉變如此決然，他多次嘗試想和嚴若璃交談，嚴若璃也會客客氣氣應答幾句，他問什麼她就答什麼，只是如果劉尙倫想再多聊，嚴若璃便會轉身離開，或不再回應。

也不知道是不是因爲這樣，劉尙倫和其他女孩的往來更頻繁了，好幾次他和別班女生在大庭廣眾之下接吻，就只爲了測試嚴若璃的反應。

嚴若璃多半只是淡淡瞥過去一眼，其他什麼反應都沒有，最後反倒是鄒衙看不下去，要劉尙倫適可而止。

「妳現在和劉尙倫處成這樣，之前說了十二月大家要一起過生日，這個約定還能算數嗎？」某堂體育課，嚴若璃和我坐在樹蔭下閒聊，我忍不住問。

「爲什麼不行？我和他還是朋友。」她答得很快。

「這樣的相處方式，比點頭之交的同班同學還不如吧，怎麼還能算得上是朋友？」我停頓了下，才問出口：「還是妳仍然喜歡他呢？」

「我雖然很難過，但更多的是不甘，我死心了，他已經不能再讓我心痛。」嚴若璃很平靜。

「嗯，如果妳想通了，那就這樣吧。」我點點頭。

「我以爲妳會跟鄒衙、蔡宗貴一樣，對我說上一串像是『妳想清楚了嗎？』、『不再和他談談看嗎？』、『確定不會後悔嗎？』之類的話。」嚴若璃冷笑。

「那是妳的事，不需要外人置喙，不管以後妳會不會後悔，至少這條路是妳自己選的。」我是真的這麼認爲嚴若璃有些詫異，「我重新認識妳了，蘇子毓。」

「嗯，我也是。」

我本來以爲嚴若璃是那種會躲在家裡哭哭啼啼，一輩子做不出決定的類型，沒想到她一旦做下決定，便不會回頭，可同時態度也落落大方。

我欣賞這樣的人。

我把我和嚴若璃的這場對話告訴鄒銜，討論十二月合辦慶生會的可能性。

鄒銜嘆了口氣，抓抓頭：「若璃都這樣說了，就照辦吧，只是氣氛一定非常尷尬，阿彌陀佛。」

蔡宗貴面色難看，「誰都逃不了改變嗎？」

這句話讓我倏然一驚，立刻握緊宇文謙的手：「我們兩個不會改變，對吧。」

「嗯，是呀，我們不會變。」宇文謙語氣平穩地附和。

「來人啊，要瞎了！」鄒銜怪叫。

❖

冬天很快就來了。

十二月，在我們大夥兒聚在一起舉辦慶生會之前，我和宇文謙先約了私下慶祝。

我穿上宇文謙送我的奶茶色風衣，他也穿著相同色系的夾克站在樓下，令人意外的是他手上捧著一束小花。

他的臉色緋紅，靦腆地說：「早上有人來育幼院義賣，我覺得很可愛，所以……」

「送我的嗎？」我不敢置信。

「不然是送我的嗎？」宇文謙因爲我的話而笑了起來。

「我又不是很喜歡花。」我接過他手中的花束，這束花不大，一隻手拿著剛剛好，花束裡有兩朵美麗醒目的大花以及其他陪襯的花朵，我不認得那些是什麼花，只覺得漂亮。

「不喜歡花，但收到花還是笑得很開心呀！」宇文謙摸摸我的頭，「先把花束拿回家放吧。」

我立刻搖頭，「一起帶去公園，我想給阿嬷看。」

「也好。」宇文謙打量著我今天的穿著，「怎麼不扣上扣子呢？天氣很冷呢。」

「我現在沒有手。」我晃了晃手中的花束。

他拿我沒辦法地笑了笑，彎下身替我將風衣的扣子一粒粒扣上。我看著他低垂的臉龐，覺得心底一陣抽痛。

「好了，我們走吧。」他朝我伸出手，我自然而然地牽上。

在走去公園途中，經過一間店家，我瞥見自己捧著花的笑臉、宇文謙的溫柔眉眼，還有我們交握的手，倒映在玻璃窗上。

這一切如此美好，這幸福將永遠延續。

我口口聲聲強調我和宇文謙之間的關係不會改變，並要宇文謙給出承諾。

可是看著玻璃窗上映照出的我們，我忍不住想，當宇文謙牽著我的手時，他的心情和我一樣嗎？他是否從來對我都是以愛情相待呢？

我說過不想改變，那麼他呢？他的內心是否也真如是想？

「劉尙倫和嚴若璃弄成現在這樣，你有什麼看法？」我問宇文謙，我們兩個從未討論過這件事。

「嗯，沒有什麼特別的看法，他們各有各自的堅持。」果然很像是宇文謙的回答，好聽一點就是尊重別人的決定，難聽一點就是逃避這個話題。

幾個月前，劉尙倫和嚴若璃徹底決裂那天，劉尙倫對宇文謙說了不禮貌的話，當時宇文謙冷冷回了句：「你沒有權力管我們。」

在宇文謙心裡，會不會其實也跟我一樣，擔心終有一天一切將會改變？

會不會連他自己也不相信永遠，所以只能不斷答應我「永遠不會改變」？

「阿嬤，這是宇文謙送我的花，我第一次收到花呢。」我拆開花束的包裝，撕開纏在花束下方的膠帶，在花圃挖了個小洞，將花束插進土裡。

我和宇文謙蹲在混入阿嬤骨灰的花圃前，將這束花獻給阿嬤。

雙手合十閉上眼睛，我在心裡對阿嬤說：我就快要十七歲了。

很遺憾她看不到我十七歲的模樣，很遺憾她看不到宇文謙長大後依然陪在我身邊，我很感謝阿嬤當時帶宇文謙來醫院看我，讓我如夢初醒，好好重新面對自己的生活。

當我張開眼睛，看著身旁的宇文謙閉緊雙眼雙手合十，彷彿也正在心裡對阿嬤述說些什麼，我就覺得很欣慰。

之後他牽著我的手，在公園附近漫無目的走著，只是這樣就令我覺得很開心。

「妳看，那邊在排隊。」來到某條幽靜的巷子，宇文謙發現有家店門口正大排長龍。

走過去一看，原來是間裝潢復古的咖啡廳，我忍不住讚歎：「哇，那間店看起來好漂亮。」

宇文謙見我眼睛發亮，便問：「想吃嗎？」

「可以嗎？」我隨即取出錢包，打開一看，「有三百塊，應該可以吧？」

「那今年就奢侈一下吧，畢竟是十七歲生日。」宇文謙要我留在原地等待，他推門進去問店家有沒有位子。

我點點頭，盯著排隊人龍出神。

過了大約五分鐘，他走出來，表情無奈地說：「最快要到晚上八點半才有位子。」

「晚上八點半？」我不由得拔高音量，也太誇張了吧。

「下次有機會再一起來吧。」他摸摸我的頭。

「也只能這樣了。」我看了招牌一眼，DS咖啡廳，下次一定要來。

最後我們買了一塊小蛋糕，以及幾個超級甜的甜甜圈，來到某個文創園區的湖岸碼頭，宇文謙為我買來兩罐不同廠牌的奶茶，我們愜意地一同分享。

「雖然現在我們只能坐在湖邊吃甜點，不過以後我們一定可以一起去很多名店品嘗甜食。」宇文謙切下一小口巧克力蛋糕，送到我嘴邊。

「好甜！」我開心地吃著，「說好囉，我們要吃遍台北的咖啡廳，吃遍各家名店的下午茶甜點，然後來評比看看哪間店最好吃。」

「好啊，然後吃到變成VIP。」宇文謙皺眉，「這樣妳會不會變胖呢？」

「才不會！」我氣呼呼地打了他一下。

「哈哈哈。」宇文謙笑著避開我的攻擊。

我們有一搭沒一搭的聊天，沒話說時就凝視湖面、仰望天空、觀察人群，和宇文謙在一起，任何事情都很有趣。

等到我們手牽著手回到我家樓下，太陽已經西下，冬天的夜晚來得特別早，才五點多就已經天色全黑。

「現在妳還會怕黑嗎？」宇文謙柔聲問。

我搖頭，在那片黑暗之中，永遠都有他的存在。

宇文謙，是我漆黑的夢境裡唯一的那道光，是他為我帶來第一道鮮豔的色彩。

「有你在，我就不會怕黑了。」我拉起他的手，貼近我的臉頰，想也沒想便閉上眼睛。

他吐了一大口氣，啞聲說：「不要閉上眼睛。」

不明白他這句話是什麼意思，我張開眼。

宇文謙的聲音帶著幾分壓抑：「子毓，如果妳要我不要改變，那就不要在我面前閉上眼睛。」

「咦……」我終於聽明白他的意思，雙頰居然有些發燙。

他的臉靠向我，讓我緊張得摒住呼吸，他的唇在我的頰邊擦過，僅僅只是擦過。

他緊緊抱著我，我聽見巨大又快速的心跳聲，分不清楚是他的還是我的。

「下次當妳閉上眼睛，就是我們關係改變的時候。」他在我耳邊輕訴。

我的眼眶微熱，或許已經改變了啊，宇文謙。

沒有青梅竹馬會擁抱和牽手，更不會親吻對方的臉頰。

可是我害怕改變，既然我們一定會一輩子在一起，那為什麼要改變彼此之間的關係呢？

所以這一次我沒有回應宇文謙的擁抱。

❖

走在去往學校的路上，古一杰看起來精神很差，我們三個人很久沒一起上學了。

「你昨晚都沒睡嗎？」宇文謙在古一杰打出第五個哈欠時，忍不住問。

「不是，昨晚我和易仲聊起了一些事……」古一杰沒再繼續往下說，眼神在我和宇文謙身上來回掃視，「你們兩個還真是一點都沒變。」

聽到這句話我眼睛一亮，這段時間老是聽到別人說我和宇文謙之間的關係必定會有改變的一日，讓我也對此起了懷疑。如今聽到古一杰這麼說，讓我開心不已。

「眞的嗎？」我的聲音透出歡喜。

「嗯，不過……這是好事嗎？」古一杰不以爲然。

「當然是好事。」我開心回應，卻不敢去看宇文謙。

「眞巧，居然會在這裡遇到。」鄒衍和劉尙倫從街角迎面走過來，打過招呼後，鄒衍突然冒出一句：「這次慶生會辦在我家吧。」

我瞄了劉尙倫一眼，「確定會辦嗎？我是說慶生會。」

「妳怕尷尬的話，我也可以不要出席。」劉尙倫冷笑。

「我又不是……」跟他講話眞的會來氣。

「好了，若璃都沒說什麼了，你們在這邊吵什麼，總之老成員，不見不散。」鄒衍立刻打圓場，他的視線隨即落到宇文謙身上，「對了，看不出來你文筆還眞好，你課業成績一直都不錯，原來連寫文章也是一流的耶。」

「你在說什麼？」宇文謙皺眉。

我也看向鄒衍，這是什麼意思？

「就是部落格啊，我……」鄒衍的手機恰巧在這個時候響起，他對我們舉起一隻手，「你們先去學校吧。」

「鄒衍剛剛在說什麼部落格？」我問劉尙倫。

「我哪知道。」劉尚倫一點也不在意。

「之前校慶在學校跟你搭話的那兩個外校女生，是不是也提起過什麼部落格？」我問宇文謙。

「我不記得了。」宇文謙聳聳肩。

「應該是指你的臉書吧，對了，前幾天我在臉書上看見你在彩繪社的作品，是下學期會展出嗎？」即便不認識劉尚倫，古一杰也能泰然自若地接話。

「喔，會啊，下學期一開始就會在社團教室裡展示，大家都可以去看。」宇文謙說完，側頭我笑了笑。

「我會去看的。」我想了想，「如果你已經畫好的話，我今天就可以過去看。」

「喔，不行，妳等下學期再看。」宇文謙神祕兮兮地賣關子。

「什麼啦。」我打他一下，

劉尚倫咳了幾聲，「你們眞的很噁心，都這樣了還不在一起。」

眞是狗嘴吐不出象牙。

「彼此彼此。」所以我也如此回應。

第九章

鄒衍的家在捷運附近，是那種入口處有警衛管理的高級大廈，我和宇文謙站在警衛室前目瞪口呆，等著警衛通報鄒衍家、確認我們的身分後，才開門讓我們上去。

「沒想到鄒衍住在這樣的地方。」我很驚訝，畢竟他看起來不像是有錢人家的小孩。

「人不可貌相吧。」宇文謙倒是不甚在意，隨口回了句。

十二月底還會想要慶祝生日的就只有我們這群人了，其他同學都在忙著準備期末考，原本蔡宗貴提議等考試結束，等放寒假再一起慶祝。

但鄒衍卻不贊同，宣稱不能等到生日過了才補辦慶生會，堅持非得要在這個時候舉辦不可。

摁下電鈴，來開門的鄒衍意外地表情有些凝重，他的目光在我身上徘徊了一下，才扯出微笑：「來啦，歡迎。」

「大家都到了？」宇文謙問。

「嗯，很難得吧，尚倫第一個到，大概是記取上次的教訓吧。」鄒衍小聲地說。

進到鄒衍家中，他拿了兩雙拖鞋給我們。他家的客廳比我家大多了，蔡宗貴、嚴若璃和劉尚倫已經坐在看起來很昂貴的高級沙發上，三個人臉色都有點不似平常，一片靜默，連電視都沒有開。

果然還是太尷尬了吧，畢竟劉尙倫和嚴若璃幾個月前才經歷那樣的決裂，現在同處一室怎麼可能眞的跟沒事一樣呢？

「子毓，來這裡坐吧。」嚴若璃站起來熱切地招呼我。

「外套給我吧，我拿去掛在客房。」鄒銜伸手接過我和宇文謙的外套。

我和宇文謙對看一眼，覺得有些奇怪，似乎不僅僅是劉尙倫和嚴若璃之間相處尷尬，他們每一個人的態度都不太對勁。

走近沙發，劉尙倫看著我的眼神欲言又止，他怎麼會用這樣的眼神看我？他向來看著我的眼神總是帶著幾分輕視。

「要不要喝點什麼？」鄒銜過分客氣的模樣也很怪。

「你們幾個幹麼啊？」宇文謙笑著問。

「你還敢問？」蔡宗貴冷著聲音，他馬上被嚴若璃嘖了一聲，蔡宗貴不滿地橫了宇文謙一眼，悻悻然地打開電視。

太奇怪了，蔡宗貴從來不會用這種態度對待別人，更不會這樣對待宇文謙。

「發生什麼事了？」這一次輪到我問。

只見所有人神色慌張，劉尙倫扭頭看向其他地方不說話，嚴若璃則低下了頭，沒有人肯回答我的問題。

「那個……宇文謙你跟我來廚房，一起把食物端出來吧！」鄒銜不由分說拉著宇文謙，把他推進廚房。

客廳繼續籠罩在尷尬的氣氛之下，我不安地貼近嚴若璃，低聲問：「該不會是因爲妳跟劉尙倫同處一室會感到不舒服吧？還是我們……」

「不是，我和劉尙倫沒有問題，而是……」嚴若璃雙眼帶著憐憫。

對，那種情緒就是憐憫，爲什麼她會用那樣的眼神看我？

她輕輕抬起我的左手，拇指撫在當年我用原子筆戳傷自己的疤痕上。

「很痛吧？」

瞬間我背脊一寒，嚇得立刻站起來。

「子毓？」

我忍不住微微顫抖，目光緩緩掃過劉尙倫、嚴若璃與蔡宗貴，他們從來沒用這種充滿憐憫、害怕、擔心的眼神看過我！

「我、我要去一下洗手間。」好不容易擠出這句話，嚴若璃指了方向，我立刻逃開。

我想回去了，他們的眼神讓我想起不好的事情，好像又回到過去，站在幛小的教室裡一樣。

我受不了，我待不下去了，我要去找宇文謙然後回家！

「你怎麼能這樣……」走出洗手間，我聽見鄒銜的聲音從旁邊的房間傳出，門扉輕掩。奇怪，他和宇文謙怎麼會在這裡，他們不是去廚房端菜嗎？

伸手想推開門，叫宇文謙帶我回家，在手碰上門板的那一瞬間，我聽見鄒衔說：「你怎麼能把蘇子毓被媽媽拋棄這件事公開寫在部落格上？」

鄒衔說什麼？

那個被媽媽丟下的年幼的我，那些令人心痛的記憶，全部再次湧上心頭，眼前突然一片黑，我雙腿發軟，幾乎就要站不住，只能努力強迫自己保持意識清醒。

「你在說什麼？」宇文謙問。

「就是你的部落格啊，你把你和蘇子毓以前的事情寫得很清楚，看完以後，我終於能理解你們爲什麼沒有交往卻互動如此親密，但是……把那些過去這樣明白寫出來不太好吧，你住在育幼院這件事很多人都知道，可是蘇子毓的過去……那……」鄒衔的聲音逐漸遠去。

等我回過神的時候，我已經走回客廳，漠然地看著嚴若璃。

「謙的部落格叫什麼名字？」從嘴裡發出的聲音彷彿不是我自己的。

「子毓，妳最好不要……」嚴若璃慌張地站起來。

「我要看。」我對她伸出手，臉頰上一片濕熱，淚水滴落在地板上。

「讓她看吧。」蔡宗貴嘆了口氣。

劉尙倫拿出手機操作了一下，便將手機遞給我。

那個部落格樣式很簡單，作者大頭照放的照片跟宇文謙在臉書上使用的是同一張，裡頭也有許多宇文謙曾經發表在臉書上的照片和文章，以及一些對於繪畫的短評。

最新一篇文章，是在昨日凌晨發布的，標題是〈我與她之間〉。

很多人都問我，爲什麼不和子毓在一起？

我們總回答因爲我們是青梅竹馬，我們之間的事情不是外人可以理解的，也沒必要向大家解釋。

但是今天，我考慮再三，還是決定說出來，這樣大家就不會再誤會我和她之間的關係。

親情，比愛情擁有更深刻的牽絆。

我從小就是孤兒，這件事情不是祕密，我沒想過要隱瞞。

而子毓雖然不是孤兒，卻也沒有和父母同住。

小時候她被媽媽拋棄，讓她從此不輕易去相信別人，內心也充滿了不安全感。

有段時間，她只要入睡就會做惡夢，就連在學校午休也會在睡夢中突然驚聲尖叫，讓她國小的同班同學害怕不已。

那時候的子毓心理狀態很不穩定，她不會傷害人，卻會傷害自己。她曾經當著全班同學面前，用原子筆戳傷了自己的左手，這也就是爲什麼她現在左手手腕上有個小凹洞的原因。

子毓因爲精神狀況不穩定在醫院待了好一陣子，而我就是在那個時候走進她的生命的。

我們陪伴彼此度過一段很艱難的時光。

所以這也是爲什麼在我們之間，愛情已經不是重點，不論任何人說什麼，我和子毓的關係一輩子都不會改變，我們是朋友、是親人，會永遠陪伴彼此。

別人介入不了，也挑撥不了。

這篇文章我反覆看了不下十次，下方的留言數急速增加，我牙齒打顫，喉嚨乾澀地開口：「你們都看過了嗎？」

他們三個人不約而同別過眼睛。

我把手機還給劉尙倫，右手摸著左手手腕處的那個凹洞。

像是有火在燒一般的疼痛，從這小小的凹洞蔓延至全身，劇烈地、疼痛地燃燒著，我的身心都將被這股灼灼烈火呑噬。

「媽媽、媽媽，不要丟下我。」

過往孩提時代的傷痛記憶在我腦中閃過，我在教室中失控尖叫，我大喊著古一杰已經死了，我拿原子筆戳得自己滿手是血，我在醫院大聲哭泣。

阿嬤死了，阿姨淪爲行屍走肉，媽媽不會回來了。

「如果哪天妳有了無法跟宇文謙述說的事，就一定要過來找我聊聊，可以嗎？」那個戴著眼鏡的女醫生，在手上的板子畫了一個大叉叉。

「子毓。」宇文謙倉皇地衝進客廳，我回頭看他，滿臉淚痕。

我的表情嚇到他了，宇文謙過來想要抱我，卻被我狠狠推開，我往後退、一直退。

「子毓，那不是我寫的！」宇文謙臉上的表情是我從未見過的慌亂。

「你怎麼可以這樣對我？」我冷冷開口，充滿絕望。我的心好痛，我那麼全心全意信任的宇文謙怎麼可以再次挖開那道傷口，再次讓我血流成河，原來我心中的傷從來沒有痊癒過！

「你怎麼能夠把那些事情都說出去！」我放聲尖叫，全身肌膚痛得感覺似乎都要裂開。

他明明知道那些過去對我而言是多麼不堪回首，明明知道我有多不想讓那些過去被別人知道，他怎麼能這麼傷害我！

嚴若璃走過來想勸我，卻被劉尚倫擋了下來。

「我不可能會這麼做，子毓，拜託妳……」宇文謙想拉我的手，卻被我再次甩開。

「除了你還有誰會知道那些事？除了你還會有誰！部落格上明明都是你的照片、你的生活，我和你的那些過去也只有你知道！」我歇斯底里地嘶吼，聲音沙啞。

「蘇子毓，我求求妳不要這樣，相信我好嗎？我永遠不會傷害妳，我……」宇文謙停頓了下，深吸一口氣，像是下定決心似地說：「我那麼愛妳，我不可能揭露妳的傷疤，不可能用這樣的事……」

「不要說愛我！以愛之名，就能把所有的傷害都合理化嗎？」我感覺到呼吸困難，忍不住蹲了下來，宇文謙想要扶我，我抬起頭憤恨地瞪他，他的手停在空中。「愛不是占有，我不要再見到你，我不想再見到你……現在只要你一碰到我，就會讓我覺得作嘔！」

「妳要我離開嗎？」宇文謙的聲音幾不可聞，「妳已經不需要我了？」

「我不需要會傷害我的人。」我說。

我不知道最後自己是怎麼離開鄒衛家的，我也不知道宇文謙是什麼時候離開的，我在嚴若璃的懷中哭了好久好久，覺得自己這輩子的眼淚好像要流光了。

那些過去對來說我確實是很大的傷害，可是如果宇文謙陪在我身邊，我便能有足夠的堅強去面對。

然而那些我不想讓別人知曉的過去，卻是由我最信任的宇文謙傳播出去。他想澄清我們的關係，不想要被人說三道四，這我能理解，但爲什麼要選擇這樣的方式？

被他背叛，比任何事情都讓我更覺得痛。

宇文謙找過我好幾次，他不斷強調那是誤會，可是這篇網誌幾乎全校都看過了，大家都知道那是宇文謙經營的部落格，裡頭有他的照片，也有我們兩個的合照。

大家都知道我是會傷害自己的瘋子！

惡夢又回來糾纏我了，我每晚都在夢中尖叫大哭，但跟過去不同的是，我已經不再叫出聲音，而是哽在喉頭，想叫卻叫不出來，胸口一陣悶痛。每次我都是半夜從睡夢中驚醒，衣服被冷汗浸濕，全身不斷打顫。

我無法入睡，食不下嚥。阿姨很擔心，我卻推托那是因爲課業壓力過大，不讓阿姨多問。

我想起那位女醫生之前對我的囑咐，可是我不想去找她。如果我現在去找她，不就表示我這些年來依舊原地踏步，不就表示一旦沒了宇文謙，我的生活就會毀壞崩塌？

「我要怎麼做，妳才肯聽我說？」宇文謙無力的聲音從手機的語音留言裡傳來，「子毓，見我一面好嗎？那眞的不是我的部落格，除了臉書以外，我沒有使用其他網路發文平台，妳仔細看那些文字，那不是我寫的，我絕對、絕對不可能傷害妳，請妳相信我……我永遠都不會傷害妳……」

他的聲音到後來轉爲哽咽，我聽得難受，刪除了他的所有留言。

接著傳了訊息給他：「我不想再見到你了，不管是文字還是語音，任何解釋我都不想聽，拜託你，放過我。」

他立刻打電話過來，我設定拒接，手機終於不再震動。

自從放寒假以後，每天宇文謙都會守在樓下等我，我從房間就可以瞥見他站得直挺挺的身姿。

阿姨擔憂地問：「你們兩個怎麼了？這是你們第一次吵架吧？快點把事情說開、言歸於好吧。我問他要不要上來家裡坐坐他都不敢，你們到底是在吵什麼……」

「沒什麼。」我茫然地盯著電視畫面，卻什麼都沒有看進去。

「既然沒什麼，爲什麼不肯理他？」

我很想發火，但轉頭一看見阿姨的臉，赫然發現她已經老了很多，同時我也瞥見了放在神桌上的阿嬤的照片。

不管宇文謙如何傷害我，他都曾經爲我帶來救贖，那是事實。

鼻頭一酸，我站起來：「我下去見他。」

見到我出現，宇文謙原本委靡的臉色瞬間被喜悅點亮，他快步走到我面前，我立刻往後退了些。

「不要靠我太近，我會不舒服。」我強忍著淚水，刻意忽略他受傷的眼睛。

「子毓，那個部落格眞的不是我……」

「除了這幾句話，還有別的嗎？這些我都聽過了。」我的嘴角勾起微不可察的弧度。

那個部落格在被我看見的當天就關閉了，這不就是最好的證明？

宇文謙一發現我知道了這個部落格的存在，回去立刻就關掉了，他甚至連臉書也一起關了，這不就是他作賊心虛的證明嗎!?

「子毓……」

「求求你，謙，放過我、放過我，我不要每次和你走在南苑校園裡，就要再次接受大家投來的眼神洗禮，提醒我有多可憐，提醒你有多偉大，因爲你救了我啊！你把一個被媽媽拋棄的瘋小孩帶回了正常世界呀！你愛蘇子毓，可是蘇子毓卻不愛你，我希望我們之間的關係永遠不會變！我用了什麼束縛你？所以你才會想要把那些事全部公諸於世？你到底有多討厭我？謙，拜託你，請你放過我，不要再來找我了，不要讓阿姨逼問我……」說到後來，我已經語無倫次，聲淚俱下。

「子毓……我絕對不會……妳不是希望我們之間什麼都不要改變嗎？我沒有改變，妳也不要變，這些根本……」

「我已經不需要你了，讓你待在我身邊、什麼都不改變的前提是我還需要你，但現在我不需要了，在你身邊只會讓我感到痛苦，你已經不再是我的救贖了。」我擦乾頰上的淚，迎向他的目光，「現在你是我的惡夢。」

聞言，宇文謙臉色一變，深受打擊，身體微微搖晃，踉蹌地往後退了一大步。他先是低下頭，過了半晌，他再次抬頭，眼神堅定，「如果妳不再需要我，我就沒有繼續存在於妳身邊的意義了。」

「我不需要你了。」我堅持。

宇文謙勉強一笑，轉身離開。

永遠離開了南苑。

❖

我停在彩繪社的社團教室外，朝裡頭望進去，現在教室裡一個人也沒有。

左右張望確認四下無人後，我偷偷走進教室裡，尋找宇文謙的畫。

那是一個女孩的側影，背景就是這間教室，雖然是素描，但女孩的長髮卻用水彩塗上了黑色。

畫的名字叫做〈未完成的色彩〉，他畫的是我。

看著這張圖，我內心冷漠得連我自己都感到害怕。

「蘇子毓？」金巧文的聲音忽然響起，我嚇了一跳，差點把一旁的畫架撞倒。

「妳終於願意過來了是嗎？」她帶著怒氣，「看到宇文謙的畫了嗎？」

「嗯。」

「有什麼感想？」

我搖頭，「我要回去了。」

「我眞是搞不懂妳，宇文謙對妳那麼好，就算他眞的在部落格上寫下那些又怎麼樣？是過去重要還是現在？」金巧文指著我的背狂罵，她爲宇文謙抱不平。

「我眞羨慕妳……」我停下腳步，轉過頭看著她笑，「只有幸福快樂的人，才可以輕易說出這種話。」

沒有哪些過去是眞能成爲過去的，那些過去都會堆積成爲現在，那些傷痛只是被覆蓋起來，它們沒有消失，那些過去的傷痛一直都還在。

「妳……」她氣得幾乎就要衝過來。

彩繪社社長快步走進教室，他拉住她的手勸阻：「巧文，不要多管閒事。」

「可是……」金巧文的眼睛泛起一層薄薄的淚光，氣惱地瞪著我。

「對了，恭喜你們在一起了。」我笑了笑，轉身往教室外走。

「是妳配不上宇文謙的愛!蘇子毓，妳這個自私的女人！」金巧文的怒吼直直刺入我的心中。

宇文謙離開南苑，去了鏡湖高中，從那天起，我們再也沒有聯絡。

也不需要聯絡。

「啊啊，沒想到妳跟宇文謙最後會是這樣的結局。」

章易仲不知是何時出現的，他神態悠閒地倚著後花園涼亭裡的柱子，我則坐在涼亭裡的長椅上看書。

「你聽說了些什麼？」我淡淡地問。

「沒什麼，只知道他轉學了，還有那篇網誌我也看過了。」他在我身邊的空位坐下，「我想唯一知道詳細情況的就只有妳那群朋友吧，妳還是滿幸運的啊，他們什麼都不說呢。」

嚴若璃、蔡宗貴、劉尚倫和鄒銜，那天在場的人全都選擇保持沉默。

金巧文並不知道詳情，她只知道宇文謙轉學了，以及我對那篇網誌很生氣，所以她氣憤難平，認定那都是我造成的。

「也許你是對的呢。」我闔上書本。

「什麼？」章易仲手插口袋，嘴角掛著笑意，那淺淺浮現的酒窩，讓我想起宇文謙。

「沒有什麼事情永遠不會改變，男女之間也不可能長久維持那樣親密的關係而不交往。」我的鼻頭一酸，趕緊起身走到涼亭外，抬頭仰望藍天，不讓眼淚流下。

章易仲走到我身邊，「所以我說過的，妳和宇文謙，遲早的啦。」

說完，他滿意一笑，離開後花園。

升上高三，班上同學都深陷水深火熱的考試地獄之中，我也不例外。其實我的模擬考成績不算太差，成績也向來都維持在水準之上，然而我的內心卻急躁難耐。

「若璃，妳看一下我這科考幾分好嗎？」鄒銜一如往常拿著自己的考卷到處問人。

「我眞的很受不了你……這是八十五……八十五分？」嚴若璃瞪大眼睛，連蔡宗貴都立刻跑到嚴若璃旁邊盯著鄒銜的考卷看。

「嘿嘿，我只要稍微認眞點，就可以考得很好喔。」鄒銜驕傲地搓搓鼻子。

「稍微認眞？那表示你以前都不認眞？」蔡宗貴翻了個白眼。

「因爲以前我覺得就算再怎麼認眞，都不可能贏過別人啊，原本想說一輩子就這樣下去也沒什麼，可是這些日子發生太多事情，計畫趕不上變化，瞬息萬變，所以我覺得自己該要認眞些了。」鄒衍的雙手突然重重地壓在嚴若璃的桌上，讓嚴若璃嚇了一跳，「所以接下來，我會更加認眞的。」

「你……你是在講考試吧？」嚴若璃乾笑，捏著鄒衍考卷的手有些顫抖。

「都有。」鄒衍笑著抽回自己的考卷，朝剛走進教室的劉尙倫大喊：「猜猜我考幾分！」

我走過去拍拍嚴若璃的肩膀，才發現她整個肩膀都僵了。

「我被他嚇到了，他從來沒有……」嚴若璃的聲音幾不可聞。

也許鄒衍是因爲看見了嚴若璃和劉尙倫之間的改變，又目睹了我和宇文謙的決裂，所以鄒衍才會決定認眞往前走。

「妳知道嗎？我終於開始喜歡鄒衍這個人了。」蔡宗貴挑眉笑了笑，回到座位上翻開課本。

❖

前方有個人踽踽獨行，走路時沒有發出叩叩的高跟鞋聲響，那不是媽媽的背影。

「等等我呀。」我大聲呼喊。我的聲音也不是孩子的聲音，那是現在的我的聲音。

天空撥雲見日，陽光灑將出來，第一次我的夢境裡出現了日照。

前方那人停下腳步，他轉過頭，身穿淺藍色的高中制服，臉上神情陌生至極。

「謙。」我開口喚他。

「好久不見了，蘇子毓。」他朝我微笑。

一切都很不對勁，陌生的神情、陌生的微笑，還有他的聲音跟身上的制服也都顯得陌生，那不是宇文謙。

我要醒過來，我要醒來，我慌亂地想著。

而穿著鏡湖高中制服的宇文謙轉過身，又繼續往前邁步。我立刻拔腿追上去，頓時天色一暗，所有的陽光都消失了。

叩叩叩的聲響突然傳來，前方出現了一個女人的背影，這個背影已經好幾年沒有在我夢中出現。

不要，我不要再苦苦哀求她留下來了，因爲她永遠不會爲我停下！

救命呀，宇文謙，我趕緊回過頭，只要我回頭，他應該永遠都會在。

然而不管往前還是往後看去，我的四周一片黑暗，只剩下前方那個腳步始終未停的女人，爲我帶來光亮的宇文謙已經不在了，我將他遠遠趕離了我的世界。

當我張開眼睛，臉上早已爬滿淚水，冷汗再次浸濕了睡衣，我拉高棉被緊緊摀住自己，躲在裡頭尖叫、大哭。

我好恨宇文謙。

更恨依然需要他的自己。

隔天放學時刻，我躲在鏡湖高中校門口對面的書局，看著一波波放學人潮陸續從校門口湧出，但一直到天色漸暗，替代役守衛拉上鐵門，始終未見宇文謙的蹤影。

我很確定自己沒有漏看，而從替代役守衛拉上鐵門的舉動研判，應該已經沒有學生留在學校裡了。

奇怪，難道宇文謙今天請假？

在回家的公車上，我停止不了胡思亂想，下車後立刻找了間有wifi的店連上網路，希望從LINE裡找到一些蛛絲馬跡。

於是我解除對宇文謙的封鎖，再將他的LINE加回好友，他的名稱並沒更改，卻再也沒有發表過其他動態。

接著我把他從手機來電拒接設定裡的黑名單解除，差點就要衝動地撥電話給他，連忙把手機扔回書包裡。

宇文謙向來很少請假，他只不過一天沒去學校，我就擔心成這樣，還恢復了他所有的聯絡方式。這樣的表現是對他充滿恨意嗎？連我自己都不相信。

其他人會不會還有跟宇文謙聯絡？

我和宇文謙共同的那群朋友已經不會在我面前提起宇文謙的事情。至於古一杰，自從升上高中，我就很少和他聯絡，更別說高二分班後，他的教室位於另一棟教學大樓，碰面的機率更是少之又少，他會不會連宇文謙轉學的事情都不知道？

於是我趁著體育課的時候，問了最有可能和宇文謙保持聯絡的鄒銜。

「我和他有聯絡啊，他在鏡湖可威風了。」鄒銜話裡有所保留，我再多問個兩句，他便說：「這麼在意妳自己跟他聯絡不就好了。」

「……我沒有在意。」

「幹麼死鴨子嘴硬。」鄒銜無奈一笑，回到籃球場上。

我轉而朝正坐在樹蔭下偷懶的劉尚倫走去，他挑眉道：「難得妳會主動過來跟我說話，怎麼了？」

「你還是一樣討人厭。」我冷著臉。

「彼此彼此。」他坐正身體，「所以？」

「你還有跟謙聯絡嗎？」

「當然，他去鏡湖之後，我和他反而聊天的話題變多了，以前在南苑的他很無趣，正經得要命。」他抬起眼眸看著我，「蘇子毓，既然妳來問我，我就跟妳說老實話，我不管妳過去曾經發生過什麼事，那些都不重要，畢竟人是活在當下，所以我接下來要說的那些話，希望妳聽了不要覺得受傷。」

還會事先提醒我，這就是劉尚倫表達溫柔的方式吧。

我對他輕輕點頭。

「宇文謙在妳身邊時，像是被束縛住了一樣，溫柔體貼也許也是他的個性之一，但現在的他卻像是重獲了自由還是怎樣的，他和以前不太一樣了，我喜歡現在的他。」劉尚倫站起來，微微笑了笑，眼神飄向站在籃球場邊看鄒銜打球的嚴若璃，「她也是，從我身邊解脫了之後，才眞正能爲自己而活。」

我沒有吭聲，對於我的沉默，劉尚倫只是聳聳肩。

「好了，我要去找其他女孩子玩了。」他拿出手機察看訊息。

「你還在做這種事？」我皺眉。

「這才是我的本性。」他無所謂地笑著，我卻覺得他不是眞心這麼想。

「我倒覺得，你是故意把自己塑造成這種形象，否則你找不到拒絕若璃的理由，是嗎？」

「也許是，也許不是。也許我當初就該接受她的心意，但又也許這樣的結局最好。」劉尚倫兩手一攤，「誰知道呢？既然決定了就不要後悔。」

「我並沒有後悔。」我握緊口袋的手機。

「我沒有說妳現在覺得後悔。」劉尚倫背對著我，朝遠處揮手，「可是妳一定會後悔。」

他轉身走向另一棟建築，那處站著一個女孩，劉尚倫伸手勾著她的腰，一個吻落在女孩的臉頰上。我不禁往嚴若璃看去，果不其然，她也正盯著那兩個人看。

嚴若璃與我對上了眼，她露出一個苦澀的微笑，扭頭看向球場上的鄒銜。

也許我們永遠都會質疑自己的決定是好或壞，也許在做出決定之後，都曾猶豫過是否要回頭，但往往最後總是只能選擇接受，然後不可扼制地再次質疑。

我拿出手機，找出宇文謙的電話號碼，久久未曾動作。

然後，再次關掉螢幕。

第十章

那天特地守在鏡湖高中校門口幾個小時，沒能見到宇文謙，今天卻在放學回家時，在公園裡遇見了他。

平時放學後，我多半都會直接回家，難得今天會想繞進那座大公園走走。我來到混著阿嬤骨灰的花圃前，幾朵小花被整齊擺放在泥土上，應該是有人刻意放在那裡的，我第一個想到的便是宇文謙。

我在公園四處亂走，希望可以遇見他，卻又不想見到他。兩種矛盾的想法不斷在心中來回拉扯，我的腳下卻依然未停。最後在公園裡的籃球場見到了他，我躲在幾棵開滿白花的樹木後方，盡量蹲低身子，讓這幾棵樹遮住我。

半年多不見，宇文謙的頭髮短了些，看起來好像跟以前不太一樣，卻又好像一點也沒有變。他和古一杰坐在籃球場邊的椅子上，可能是剛打完球，宇文謙正拿著毛巾擦汗。

「喂，鏡湖怎麼樣？」古一杰丟了一罐水給他。

「不錯啊，非常漂亮，你沒見過鏡湖校園裡的那座鏡湖實在太可惜了。」

「哈，有南苑美嗎？」古一杰不相信。

「跟南苑是不一樣的美，陽光下的鏡湖閃閃發亮，非常耀眼。」宇文謙扭開瓶蓋，喝了好幾口水。

我的內心微微抽痛，很久以前，他曾經說過鏡湖高中的美比不上南苑，而今卻興高采烈地稱讚那片湖有多麼耀眼。

「你模擬考考得怎麼樣？」宇文謙問。

「還可以，你的成績應該也沒問題吧？鏡湖的升學率比南苑還好，是爲了這個才轉學的嗎？」古一杰也喝了口水。

古一杰的問題讓我頓時明白原來他什麼都不知道，不但沒聽到傳言，大概連那篇惹禍的網誌都沒看過吧。

「也可以這麼說吧，因爲我很想去某間大學。」宇文謙不著痕跡地帶過話題，而我略感訝異。

他眞的有想要去哪間大學嗎？我怎麼從來沒聽他說過？

還是他這麼說是爲了敷衍古一杰？不，宇文謙不是這種會敷衍別人的人，若是他不想回答，他會直接不說，並不會選擇說謊或搪塞。

雙手不自覺抓緊前方樹幹，我緊咬下唇。

短短半年，宇文謙就變得如此陌生了嗎？

「是喔，那蘇子毓呢？」古一杰問，「好久沒見到你們黏在一起，覺得好不習慣，她居然會同意讓你轉學，眞不可思議。」

宇文謙笑了下，聳聳肩，「子毓現在還好嗎？」

「你怎麼會問我？關於你突然轉學這件事，老實說我一直覺得不太對勁，雖說升學率也許的確會是個考量，但我總覺得你們怎麼可能會爲了這種事而念不同學校？」古一杰拍拍宇文謙的肩膀，「到底發生什麼事啦？」

「你和子毓念同一所小學，這件事有多少人知道？」

「沒什麼人知道吧，因爲我和你比較熟，所以大家都以爲我是鳳林國小畢業的。」古一杰皺眉，「問這問題幹麼？」

「沒什麼。」宇文謙站起來，「再打一場？」

「罷了，你不想說我也不會逼你。我在學校很少遇見蘇子毓，高二選念了不同組以後，教室也不在同一棟大樓。」

兩人邊說邊往球場走去。

看著宇文謙奔馳在球場時，臉上那暢快淋漓的笑容，我覺得那個笑容已經離我好遠好遠。

❖

「三十八度。」阿姨甩甩手上的溫度計，「怎麼燒成這樣，妳的成績已經很好了，不要把自己逼得太緊，知道嗎？」

「是……」我躺在床上，將棉被拉高蒙住臉，只露出一雙眼睛，「阿姨，抱歉，給妳添麻煩了。」

「唉，今天有重要的客戶要來，我沒辦法請假，妳一個人在家沒問題嗎？」阿姨皺眉，「要不要叫宇文謙過來？」

「他要上課。」

「也是，都高三了。」

「阿姨，我一個人沒問題的，妳放心吧。」

阿姨打量了我一下，「我把稀飯放在電鍋裡，餓了就起來吃，記得要吃藥，知道嗎？」

「好。」

阿姨出門前還幫我換了一次額頭上的冰毛巾，便匆匆忙忙離開。

悶熱的空氣，灼熱的體溫，讓我的眼前所見皆是一片朦朦朧朧，身體沉重得彷彿要陷入床鋪之中，整個人昏昏沉沉。

明明張開了眼睛，卻覺得看不見光，窗外的天色似乎已暗，我聽見有人在廚房切菜的聲音，香甜好聞的味道瀰漫在空氣裡，額頭上的毛巾被取下，一雙冰涼的手摸了上來。

「還燙燙的呢。」女人的聲音帶著擔憂。

我奮力睜大眼睛，卻看不清楚那個女人的容貌，但她的陪伴好令人安心，我想伸手跟她索討一個擁抱，情不自禁地喚了聲：「媽媽……」

從夢中清醒過來的時候，全身都是冷汗，剛才那場夢境似假還眞。

可是媽媽不會這麼溫柔，她不曾細心照料過我，也不可能會爲我烹煮美味的食物。

我忽然感到疑惑，媽媽丟下我離開的時候，我雖然年紀尚幼，但應該已經有了記憶，照理來說，我應該會記得更多關於媽媽的事情，以及日常相處的點點滴滴才是。

然而爲什麼對於媽媽，我只記得她將我丟下、轉身離去的那個背影呢？

爲什麼偏偏在身心脆弱的這個時候，我才猛然察覺這些矛盾？剛才那場夢境究竟是我渴望發生的期待，還是其實是我曾經經歷過的回憶？

想著想著，我又閉上眼睛，再次迎來那個孰悉的夢境，以及因爲被拋下而嚎啕大哭的自己。

「不要、不要啊！不要丟下我，媽媽，不要丟下我！」我無助地哭喊，朝著媽媽所伸出的手，不是孩童的小手，而是一雙屬於少女的手。

不論我如何瘋狂追趕，媽媽都不會停下，所以我想要回頭找宇文謙。

「謙、謙！你在哪裡？謙……」我著急地想要找尋宇文謙，卻不見他的蹤影。

無力地蹲坐在地上，我摀住雙眼嗚嗚哭泣。忽然有一隻手摸上了我的額頭，接著一陣冰涼傳來，我張開眼睛，分不清究竟是現實還是夢境，我看見了宇文謙。

「很不舒服嗎？」他問我。

我淚眼朦朧，儘管還是止不住淚水滑落，卻頓時覺得安心不少，緩緩閉上眼睛，一夜好眠，再沒有夢境糾纏。

「燒是退了一點，但還是有些燙。」隔天是禮拜六，我仍然覺得身體沉重，可是已經沒有昨天那麼不舒服了。

阿姨看了看溫度計上的數字，微微扯動嘴角：「看樣子宇文謙照顧得很好呀。」

我一愣，「謙？」

「嗯，他昨天有來，妳不知道嗎？」阿姨說她在家裡附近的公車站牌遇見宇文謙，跟他提起了我生病一個人在家，要他有空就過來幫忙照看我，並把家裡鑰匙給他。

「我原本是希望他放學再過來，但我上了計程車後，便見他馬上往我們家裡的方向跑，所以應該是直接過來照顧妳。」阿姨指了指冰箱，「他還買了兩罐奶茶放在冰箱。」

所以那不是夢？宇文謙眞的來過了？

我抓緊被單，想起他昨天貼在我額頭上的手掌，儘管當時因爲發燒而意識昏沉，我記得他的眼神依舊溫柔。

「有什麼需要就叫我，不要硬撐，知道嗎？」阿姨說完便離開我的房間。

我在床上翻來覆去，想著宇文謙是以什麼樣的心情來到這裡，我沒有原諒他，可是我想見他。

在公園裡和古一杰打球的那個宇文謙，和我認識的宇文謙不一樣，就算我不能原諒宇文謙，他也不能擅自變成另一個我不認識的宇文謙。

他該一輩子帶著愧疚與自責，在我看得見的地方隨時待命才是。

於是我拿起手機，深吸了幾口氣之後，按下撥出鍵。

心臟隨著電話鈴聲而激烈跳動，每一秒都緊張萬分，我希望他不要接，又希望他接，就在我想掛掉的那一秒——

「喂！」

聽見他聲音的那一瞬間，我的眼眶竟不由自主蓄滿了淚。

「你在哪裡？」我吸了吸鼻子，語氣稱不上不友善，電話那頭的背景聲音聽起來很吵雜。「你昨天有來？」

「是，阿姨說妳很不舒服，對不起……」他的聲音既生分又客氣，我不喜歡和他這樣對話。

「幹麼要說對不起？」所以我口氣更不好了。

「呃……因為妳不是不想見到我了嗎？」

他的話令我心中一陣痛楚，強壓住那股難受的情緒，我說：「我們見個面吧。」

「咦？真的？」他的聲音聽起來很高興，帶著不敢置信，「現在嗎？」

「嗯，現在。」因為也許過了今天，我就沒有勇氣了。

「好，我馬上過去。妳在家嗎？可是妳身體好一點了嗎？」

「好多了，我想吃甜甜圈，只有奶茶怎麼夠。」我忍不住笑出聲，覺得好像回到從前。

兩個小時後，宇文謙出現在我的房間裡。

他因爲急著爬樓梯上來而微微喘氣，我猜他手提的袋子裡裝的全是我最喜歡的奶茶和甜食。阿姨很欣慰我們兩個終於和好，說了她要去買菜，留給我們獨處的時間。

宇文謙神態有些彆扭，站在那裡像個外人。

「坐啊。」

「喔。」他輕輕扯動嘴角，席地而坐。

我仔細端詳他，他還是我所認識的那個宇文謙，但似乎有哪裡不太一樣了，我有些恍惚。

「你……」

「妳……」

我們兩個同時開口，坐在床上的我咳了一聲：「你先說吧。」

「妳好一點了嗎？氣色看起來還不是很好，有想吃的東西嗎？」他把提袋裡的東西一樣樣拿出來放在桌上，果然都是一堆甜食，還有幾瓶不同品牌的奶茶。

「我好多了，只是吃了藥有點想睡。」我從床上起身，宇文謙本來想伸手扶我，卻又縮了回去，乖乖坐回他的位子。

「妳剛才想說什麼？」他爲我扭開其中一瓶奶茶，小心翼翼地放到我面前。

我拿起那瓶奶茶，發現是溫的，喝了一口後說：「我還沒有原諒你。」

他一愣，眼神一黯，「妳還是不相信我？」

「可是，我不想和你絕交。」我深吸一口氣，「我不是不相信你，但那些事情除了你以外，還有誰會知道？你做出那樣的事眞的讓我感到很痛苦，可是沒有了你，我的生活也不會比較好過……」

宇文謙看著我，眼神似乎變得好遙遠，我在他眼中捕捉到一絲陌生的情緒，頓時我有些驚慌，那是我從未在他眼中見過的。

「謙，陪在我身邊，跟以前一樣。」我說。

「妳還需要我嗎？」他問，表情帶著說不上來的疏離。

「我……」我停頓了一下才回答：「需要，我需要你。」

「妳不相信我不會傷害妳嗎？」他問。

「我相信，但……事實上你就是傷害了我，不是嗎？」

宇文謙淡淡一笑，那樣的神情非常陌生。

我瞪大眼睛，忍不住緊握雙拳，手心裡全是汗水。

「妳說的話，我聽不懂。」他垂下頭。

沉默在我們之間蔓延，成了一種危險的警訊。

我以爲宇文謙會因爲聽到我需要他而感到高興，我以爲他會跟以前一樣不會跟我計較任何事情，可是爲什麼現在他會做出這種反應？

「宇文謙在妳身邊，像是被束縛住了一樣，溫柔體貼也許也是他的個性之一，但現在的他像是重獲了自由還是怎樣的，他和以前不太一樣了，我喜歡現在的他。」

劉尚倫的話在我腦海中響起，連我和宇文謙之間的關係都改變了，離開我身邊半年多的宇文謙，又怎麼可能沒有改變？

我立刻握住他的手，明明想說話，卻好像有什麼東西卡在喉間，讓我什麼話都說不出來，眼前驀地一黑。

「子毓？」宇文謙一愣，趕緊握住我的手，他眼底浮現的擔憂才是我所熟悉的。

「我、我需要你，謙，我需要你，回來好嗎？回來南苑！」我感覺身體似乎更燙了，宇文謙連忙將我扶回床上躺著，幫我蓋好被子。他坐在我的床邊，讓我牽著他的手。

「我……一直轉學會給院長添麻煩，而且高三了，就快要大考，我不想再變動了。」這是宇文謙第一次拒絕我的要求。

我能理解，絕對能理解，但我還是哭得唏哩嘩啦。

「不要哭，子毓。」他摸摸我的臉頰，替我拭去淚水，「我……會在這裡的。」

「你這是答應我了？答應我了嗎？」

「嗯，只要妳需要我……」他微笑。

只是他嘴角勾起的弧度卻帶著勉強。

於是宇文謙又回到我身邊了，我們白天會約在公車站牌碰面，他依然捧著一本《讀者文摘》在那裡邊看邊等我，送我上了往南苑的公車後，他才會前往鏡湖。

我們之間的相處模式和從前一樣，卻又有著那麼一點細微的不同，然而就是因爲細微，才更讓人格外在意。

有次我們特地去了DS咖啡廳，排隊的人潮依然多到不可思議，最後只得外帶另一間店的甜點和奶茶去到公園，並肩坐在長椅上凝望著黃昏的夕陽，兩人好長一段時間不發一語。

「我看見你那幅素描了。」我打破沉默。

「嗯，喜歡嗎？」

「你想要拿回來嗎？金巧文說可以拿回來。」

他想了想，搖搖頭，「如果妳不想要的話，就放在南苑，成爲彩繪社歷代學長姊留下來的作品吧。」

「爲什麼你不想拿回來？」那上面畫的是我耶。

「因爲，那是在南苑的事情了。」宇文謙看著我，再次露出那種我不熟悉的表情。

什麼叫那是在南苑的事情？那是我們的過去呀！

「你在鏡湖也參加彩繪社嗎？」但我並沒有和他爭辯，只是轉開話題。

「沒有，下課就回家。」他喝了一口奶茶。

沉默再次降臨在我們之間。

以前明明就連相對無言也都覺得很自在，爲何現在只要一秒沒有話題我就感到急躁不安？

我看著宇文謙的側臉，忍不住忿忿不平。

他憑什麼用這種態度對我！是他傷害了我，是他擅自把我們的過往說出去，我讓他回到我身邊，是我釋出的最大善意，他怎麼能用這種態度跟我相處？

「我要回去了。」我站起來。

「還沒有吃完。」

「不吃了，都給你。」我瞪他一眼，「期中考要到了，我們一起念書。」

「什麼時候？」他的語氣平淡。

「就明天，可以嗎？」我氣得話一說完，不等宇文謙回答便逕自往公園外走，宇文謙收拾好東西，迅速跟了上來。

以前無論是做什麼事，宇文謙和我都理所當然會在一塊兒，不需要特別約定要在什麼時間一起做什麼事，彼此之間的相伴非常自然，我們就像是對方的陽光、空氣、水一樣，爲什麼現在、現在卻……

「你說過永遠不會變的，混帳……」我氣得流下眼淚，躲在棉被中哭泣。

❖

市立圖書館裡有間自修教室，專門提供給需要念書的學生或市民使用，我和宇文謙約在這裡一起準備期中考試。鏡湖和南苑兩所高中的考試難易程度和課程進度都不一樣，所以我們只是各自埋首在課本裡，所謂的一起念書就眞的只是「一起念書」。

偶爾我會從書本裡抬起頭看著宇文謙，而他只是認眞盯著課本，細長手指拿著筆在筆記本上不斷寫下一行行數學算式。

「哇，你們一起念書？」一個熟悉的聲音突然響起，自修教室雖然安靜，偶爾也會有學生低聲交談，但這個人完全沒有壓低嗓門，導致所有人全都朝他看來。

「章易仲，你小聲一點。」我輕聲說。

「哈，抱歉。」他笑了笑，輕輕拉開宇文謙旁邊的椅子坐下，「好久不見，鏡湖怎麼樣？」

「還可以。」宇文謙扯出一個微笑。

「你還是一樣話不多呢。」章易仲聳聳肩，將視線轉到我身上，「所以說你們又開始膩在一起啦？」

「我們是來念書的，你可以安靜一點嗎？」我有些不高興。

「我也是來念書的啊，碰巧看見你們，就過來打聲招呼，順便問候宇文謙最近過得怎樣，畢竟他關掉臉書後，就難以得知他的近況了。」

「那就請你回去你的座位念書，如何？」宇文謙收起笑容。

「喔，我決定坐在這裡念。」章易仲瞇起眼睛微笑，「難得再次碰到你們兩個，我想順便問一下關於部落格那篇……」

碰的一聲，章易仲坐著的那張椅子倒在地上，宇文謙揪著他的衣領把他整個人提了起來，宇文謙眼底透露著怒氣，自修教室裡的學生發出驚呼聲，我也嚇得站起來。

章易仲雖然也被宇文謙突如其來的舉動嚇得一呆，但馬上勾起不以爲然的笑容說：「所以現在想打我？爲什麼？我不過是想聊聊部落格那篇文章罷了。」

「你再多說一句試試看！」宇文謙的憤怒毫不遮掩，好像下一秒就要對章易仲一拳揮出。我雖然害怕，卻也覺得很生氣。

那篇文章不是你寫的嗎？你憑什麼生氣？

你如果怕別人問起，那麼當初又爲什麼要寫？

然而在眾目睽睽之下，我只能趕緊上前將兩人拉開，可是宇文謙不肯放手，章易仲的眼神也依舊充滿挑釁。

「章易仲，你不要這樣。」我焦急地想拉開宇文謙，有幾個男生也目不轉睛地看向這裡，一副若是兩人爆發衝突就要衝過來幫忙的樣子。

「什麼？現在被揪住衣領的是我耶！」章易仲滿不在乎。

「謙，我拜託你，不要惹事好嗎？」我看向宇文謙，他氣得面紅耳赤，從臉頰繃緊的線條就能看出他的情緒有多激動。

然而他聽從了我的話，手一鬆，一把推開章易仲。章易仲站立不穩，整個人朝桌子一撞，碰撞聲響在安靜的自修教室裡聽起來格外刺耳。

章易仲只是哼笑一聲，彎腰把椅子扶起來，滿不在乎地坐下，打開自修，「我可是來念書的啊，你如果不想聊，就改天再聊。」

「你──」宇文謙舉起左手，拳頭就要往章易仲臉上揮，我立刻尖叫著抱住宇文謙，渾身顫抖。

「拜託，謙，我們出去好嗎？」我牙齒打顫。

宇文謙拉起我的手腕，往自修教室門外走，我回頭朝章易仲一瞥，他坐在椅子上側過身目送我們離開，嘴角勾起笑意，似乎很滿意宇文謙的暴走。

宇文謙以前從來不曾這樣，就算別人惹他生氣，他多半都會一笑置之，或是乾脆不予理會，就連上次劉尙倫當面嗆他，宇文謙也只是說了要他不要多管事情。

個性溫和持重的宇文謙，卻因爲章易仲幾句話就氣成這樣。

「你剛剛爲什麼會反應那麼大？」

一走出自修教室，來到圖書館中庭，我立刻甩開宇文謙的手。

「妳覺得是我的錯嗎？」他臉上的怒氣猶存。

「你不應該在公眾場合發那麼大的脾氣，謙，你是怎麼了？」我蹙緊眉頭，對於他剛剛的反應感到十分陌生。

怎麼才過了半年多，他就變成我不認識的人了。

「我怎麼了？那個什麼鬼部落格讓我的人生變得一團亂，還問我怎麼了？」宇文謙冷笑。

我聽了怒火攻心，「什麼鬼部落格？那不是你寫的嗎？現在不想認帳了？」

宇文謙氣壞了，他張口想要說什麼卻又硬生生地打住，再次用失望的眼神看著我。

「我有時候很懷疑，妳到底跟我認識多久了？」

「這一點我也很懷疑，現在的你到底是誰？」以前宇文謙絕對不會用這樣的語氣跟我說話，也不會如此易怒。「你是因爲心虛嗎？」

「妳說什麼？」他驀地瞪大了眼睛。

「因爲心虛，所以才會輕易被章易仲說的話所激怒，因爲你後悔自己不該在部落格寫下那篇文章，所以才不想別人再追問這件事，對不對？」我的眼淚都快要掉下來了，早知如此，又何必當初呢！

「蘇子毓，妳夠了沒有！」宇文謙突然大吼一聲。

中庭裡的其他人紛紛看了過來，我的淚水終於忍不住奪眶而出，我不敢相信他居然會吼我。

「你變了，謙。」我的話聲哽咽。

他定定地凝視著我，好久好久，眼睛裡滿載許多複雜的情緒，卻絲毫沒有歉意或懊悔，更多的反而是困惑。

「我去便利商店。」過了良久，他才吐出這句話，我看得出來他很不高興。

那又是個陌生的表情，或者應該是說很久沒在宇文謙臉上出現的表情，很久以前，他曾經氣沖沖地揪著我的衣領，但那次確實是我說了不該說的話，可是這一次我並沒有錯啊！

有錯的是他，是宇文謙！

儘管我覺得自己理直氣壯，卻什麼話都說不出口，只能呆站在原地，目送他的背影逐漸遠去。

獨自回到自修教室，章易仲還坐在原處。

「宇文謙呢？」章易仲頭也沒抬，嘴角的笑意未減。

「你爲什麼要說那些話？」我瞪他。

「我只是好奇。」

「你好奇就自己放在心裡好奇，爲什麼要招惹我們？」

「妳太大聲嘍。」他抬頭對我露出帶著酒窩的微笑，我卻覺得十分厭惡。

「章易仲，你不要再接近我們了，可以嗎？」

「可以啊。」他闔起書本站起來，笑著說：「反正我也不喜歡你們。」

「你……」

「再見，蘇子毓。」他聳聳肩，頭也不回地走出自修教室。

章易仲這個人眞的令人很不舒服，從高一認識他到現在，他的行徑都很詭異。

我無心看書，拿起我和宇文謙的包包，走到圖書館外的中庭等宇文謙回來。確實，我剛剛對待宇文謙的態度有些差勁，但他是做錯事的人，我又爲什麼不能生氣呢？只要他等一下回來以後先向我道歉，我就原諒他。不，只要他先開口說話，先對我露出微笑，那我就會當作一切沒事。

但過了半個小時，宇文謙還是沒有回來。

怎麼去這麼久？

難道他眞的生氣了？

我在中庭來回踱步，又撐了十分鐘，才打電話給宇文謙。

電話響了很久，宇文謙疲憊的聲音才從話筒那方傳出。

「你跑哪裡去了？爲什麼這麼久還不回來？難道你在生氣？你憑什麼生氣？難道我說的有錯嗎？我沒資格說那些話嗎？」在他半句話都還沒說之前，我就劈哩啪啦罵了一串。

「一下下就好，可以嗎？」他的聲音很微弱。

「什麼一下下？你現在人在哪裡？」

「讓我，一個人，單獨一下好嗎？」宇文謙的聲音繃緊，「在妳身邊，我沒辦法呼吸。」

我不敢相信自己的耳朵，張著嘴半晌說不出一句完整的話來，「你、你……」

「我拜託妳，好嗎？」宇文謙的聲音聽起來好累好累，他說他會回來，但先讓他一個人靜一靜。

我仰頭朝藍天白雲望去，心情陰鬱無比。

一直到了將近黃昏，宇文謙才提著便利商店的袋子回來。一見到他，我立即從長椅上站起來，氣得將他的背包往他身上扔，裡頭的課本和筆散落一地。

「一下下是多久？三個小時！你消失了三個小時，自修教室都關門了，你把我一個人丟在這裡等了多久？」我失控大吼。

而宇文謙只是一聲不吭，彎腰撿起四散的課本和筆，收回背包裡，然後面無表情地凝視著我。

不要、不要用那種眼神看我。

「謙，你到底是怎麼了？去到鏡湖怎麼會讓你改變這麼多？你還是回來南苑吧，南苑比較好，這樣你就能恢復成以前的謙……」那個會溫柔笑著、牽著我的手的宇文謙。

「我覺得待在鏡湖很開心。」宇文謙漠然拒絕，「我會留在那裡直到畢業。」

「我想要你回來。」他從來不會拒絕我，這一次我說得這麼直白，他絕對不會、不會拒絕我……

宇文謙迎向我的目光，微風吹拂過他前額的髮絲，卻吹不走他眼中的堅定，還有那即將說出口的拒絕。

「我不會回去南苑。」

第十一章

「啊！」

當我發現的時候，桌上的奶茶已經打翻好一會兒了，一灘奶茶沿著桌邊滴落，丟髒了放在椅子上的那件風衣，宇文謙送我的那件。

「送去給乾洗店處理吧。」阿姨拿風衣上的汙漬沒有辦法。

「但是乾洗店很貴……」我喃喃低語。

「還是送去洗吧，那是宇文謙送給妳、妳很寶貝的風衣不是嗎？」阿姨曖昧地笑著，「好了，晚點魏叔會過來吃飯，妳幫我買袋米回來，順便把風衣送去洗吧。」

我明白阿姨的用心，所以拿起錢包，往乾洗店走去。

風衣上的汙漬的確令我很介意，好像我和宇文謙之間也沾染上了汙漬一樣，那種清洗不掉的感覺，非常討厭。

我拜託乾洗店務必要把那塊汙漬洗乾淨，彷彿這樣就也能將自己心中的疙瘩一併除去。

提著米袋回去的路上，遠遠瞥見宇文謙和古一杰在籃球場打球，我只是看著，卻沒想要過去打招呼，就這樣靜靜看著宇文謙。

黃昏時刻，他的身影被染成橘紅一片，彷彿身在他高一畫下的那幅公園夕照裡。

我淚眼婆娑，心痛無比，卻不知原因爲何。

有件事讓我一直耿耿於懷，在我發燒的那天，宇文謙受阿姨之託來家裡照顧我，當時他應該有聽見我在睡夢中發出呻吟。

我，在作著惡夢。

在宇文謙沒有陪在我身邊的那些日子裡，我夜復一夜地作著惡夢，夢裡不僅媽媽丟下我，每次回頭也始終不見承諾過一直都會陪在我身邊的宇文謙。

宇文謙應該聽見了我深陷在惡夢裡的呻吟，所以才會答應回來我身邊，然而他卻沒有問過我，爲什麼又開始作惡夢了？惡夢持續多久了？

他明明已經回到我身邊，卻讓我更覺得寂寞，惡夢不再夜夜降臨，我卻夜夜擁著棉被哭泣。

宇文謙已經不是當時的宇文謙了。

連他在球場上痛快奔馳的模樣，都顯得陌生。

我提著沉重的米袋，搖搖晃晃地步上回家的路，獨自一人。

「今天我送育幼院裡的幾件衣服去乾洗店，他們說妳也送了一件風衣過去？」

宇文謙的訊息在手機螢幕裡出現。

「對，我打算這兩天過去拿。」

「不急的話，等育幼院的衣服洗好，我再一起幫妳拿回來就好。」宇文謙很快地回覆我。

想起送洗衣服時就已經先付過錢了，於是我便答應了宇文謙的提議。

幾個禮拜後，宇文謙來找我，問了幾句我學測準備得怎麼樣，我只是淡淡回了還可以，然後陷入沉默。

「那我先回去了，考試加油吧。」宇文謙也沒再多說些什麼，站起來微笑告辭。

我輕輕掩上房門。

回到桌前埋首苦讀，將宇文謙的事拋諸腦後，眼下只有學測最重要，爲了要考上大學……

宇文謙呢？他想上哪一所大學？

不，那不關我的事，他要去哪裡也不是我能決定的。

所以，我不該想那麼多。

摒除雜念，我努力把注意力放在課本上，將課本上的每一行字牢牢記到腦子裡。

也許是花了太多時間念書，到了學測前一天，我反而覺得不想再翻開書了，只想要好好養足精神。

於是我早早就爬上床，握著手機，決定打電話給宇文謙。

鈴響沒多久，他接起電話，聲音聽起來很疲累。

「你還好嗎？」我柔聲問。

「妳已經要睡了嗎？」宇文謙也輕聲問了句。

「嗯，我好累，明天就要考試了。」我揉揉眼睛，「你還不睡？」

「現在才八點呢，妳會不會太早睡了？」他的笑聲清朗。

我有種錯覺，我們好像回到從前。

「考試前就會特別早睡。你呢？準備得如何？」

宇文謙笑了聲，我幾乎可以想像他聳肩的模樣。掛上電話之前，他那聲語氣溫柔的晚安，讓我的夢境裡終於得以再次出現他的笑顏。

❖

寒假前夕，在某個寒冷的冬夜裡，宇文謙帶著溫熱的奶茶和從乾洗店拿回來的風衣來到我家，他的臉頰被低溫凍得通紅，身上穿著一件我未曾見過的外套，瞬間讓我覺得他看起來既陌生又熟悉，然而我刻意讓自己忽略這份異樣的感覺。

「生日快樂。」聽見他再次說出這句話，我居然眼眶一熱。

儘管這句話他每年都會對我說，每次聽到都仍然令我感到溫暖。

「生日快樂嗎？」我顫聲問。

「嗯，不管發生什麼事，每個生命來到世界上都是備受期待的。」宇文謙的手覆上了我的。在育幼院長大的他，看過那麼多被父母遺棄的孩子，還能帶著笑容說出這樣的話，我又有什麼立場反駁。

所以我點點頭，擦乾眼淚，露出微笑。

「難得子毓沒有堅持己見。」他調侃我。

「畢竟都十八歲了。」特別的日子，特別的生日。

我走進房間，拿出一條圍巾。「這是家政課織的，生日快樂。」

宇文謙很是意外，也很是開心，圍上圍巾後，他露出由衷的笑臉，可我卻察覺到他剛接過圍巾時，眼中閃過一絲錯愕。

我穿上那件風衣，送他下樓。

並肩走出社區大門口時，馬路上的車輛呼嘯而過，光影在他身上交錯，他的頭髮與圍巾在狂風中飛揚。

我心中頓時湧現出想要擁抱他的衝動，但我很快收回伸出去的手，只對他露出一個淺淺微笑。

宇文謙向我揮手道別，黑色圍巾遮住了他大半張臉，他的背影消失在轉角。

我雙手握住雙臂，鼻腔湧入的是不屬於我的味道，當我從袋子取出風衣時，便聞到了一股淡淡的香味。

眼淚終於忍不住滑落，我不敢問宇文謙，風衣上沾染的香味是屬於誰。

❖

高三的最後一個寒假，某個冬夜，我和宇文謙並肩坐在公園裡的長椅上。

約略計算過自己的成績後，我與高采烈地追問宇文謙他想填選哪一所大學，畢竟他的成績一向比我好。

「我還沒下決定，有幾所學校在考慮。」宇文謙提了幾所大學，北中南都有，他娓娓說起這幾所學校的差異，以及在選擇科系上的考量，我越聽越覺得不舒服。

在他想像的未來藍圖之中，沒有我的存在。

「爲什麼你不問我要念哪所大學？」我忍不住問出口。

他微微一愣，彷彿這才恍然大悟，「妳想念哪所大學？」

「我不想告訴你。」我賭氣。

「嗯。」他輕輕應了聲。

我氣得轉過頭想再多罵他兩句，卻發現他仰頭望向天空。

我也跟著仰起頭，一彎弦月高掛夜空，彎起的弧度像是嘴角勾起的笑臉，而我卻覺得想哭。

宇文謙變了，就算我再怎麼不想承認，就算我再怎麼刻意忽視，但那些顯而易見的改變就擺在眼前。

我們太過熟悉彼此，只要對方一有任何改變便能迅速察覺。

他凝視著夜空的眼神迷離，此時此刻他在想些什麼？他在考慮些什麼？

他是不是也察覺到自己不再將我當成最重要的事了？

「宇文謙。」我喊了他的全名。

「怎麼了？」他終於把視線從月亮移開，落到我身上。

「你什麼時候要對我道歉？」我冷聲說著，試圖喚起他的罪惡感。

你之前對我做了什麼事自己心裡有數，憑什麼要讓我為你這麼難過？

你應該討好我、懇求我才是，而不是這樣人在我身邊，心卻不知道飄去了哪裡。

「蘇子毓，如果可以的話，我不想再討論這個話題了。」他拉緊了圍在脖子上的那條我親手織就的圍巾，垂下雙眸。

「為什麼不能討論？你做過的事為什麼不敢面對？」我伸手拉扯他的圍巾，「我給了你這麼多，就連十八歲的生日禮物都只有我費盡心思為你準備，而我呢？我得到什麼？」

「我有很多東西都沒辦法給妳。」他從長椅上站起來，而我的手依然拉著圍巾不放，他索性解開圍巾，把圍巾留在長椅上，「例如我根本沒辦法為自己沒做過的事情道歉，我辦不到。」

「宇文謙！」我也站起來，拾起圍巾朝他的臉扔過去。

他面無表情地看著我氣急敗壞的樣子，彎下腰撿起圍巾，緩緩重新圍上，「我很早之前，就送給妳我的全部了。」

我一愣，他抬起眼，朦朧的月光讓他的表情更增淒楚，空氣中飄來公園裡浮動的花香。

「可是妳從來沒有要過，子毓。」他的聲音輕如羽毛，卻如沉重的鐵鍊般綑綁住我的心。

「你強行塞給我的，爲什麼一定要我接受？」我倔強地說出違心之論。

「那妳可以甩開我，從很久以前，在妳發現我喜歡妳之前，就不應該接受我。」

「所以現在是我的錯？」我緊握雙拳，覺得剛喝下的奶茶甜膩得叫人難受，「說得那麼好聽，嘴裡說喜歡我，卻把我的外套給了另一個人穿！」

他瞪大眼睛，沒有否認，只是微微側過了臉，「抱歉。」

聞言，我簡直快要呼吸不過來了，他竟然承認了！

我努力穩住呼吸，沉聲道：「你喜歡我是你的事，我需要你又是另一件事。你說過會一輩子陪在我身邊，你傷害了我，所以就該用一輩子來對我贖罪！」

我感到左手腕上的那處凹洞隱隱作痛。

「需要和喜歡，妳不能只索要其中一種。」宇文謙迎視著我的眼睛，這是他第一次如此清楚說出自己的想法，如此直接要我給出答案。

「對我而言並不是這樣。」我盯著他的雙眼，瞬也不瞬，「即便有一天我和別人走在一起，只要我還需要你，你也依然要陪在我身邊，那是你一輩子的枷鎖。」

「以愛之名，就能夠將所有傷害合理化嗎？」他重複我之前曾經說過的話，幽幽地說：「我會陪妳的，直到妳不需要我。」

「而我不需要你的愛情。」我故意這麼說。

他的眼裡一片荒蕪，彷彿傷害了他，就能讓我比較快樂一樣。

可是我的心好痛，痛到眼淚紛紛無聲滑落，但始終沒有回頭的宇文謙並不知道，直到他離開公園之前，他都沒有再回頭看我。

我仰頭看著高掛在夜空的月亮，大聲哭了出來。

我和宇文謙有好幾個禮拜沒有聯絡。

開學過後，某個假日，我在公園遇見了正在打球的劉尚倫和鄒銜。

難得我會主動走過去和他們打招呼，兩個人停下來，把場地讓給別人，走到販賣機請了我一瓶飲料。

「難得妳會一個人。」劉尚倫開口，「我還以爲妳又會和宇文謙一起呢。」

「尚倫。」鄒銜的話音帶著勸誡。

劉尚倫滿不在乎地笑了笑，「嚴格說起來，撇開隨意與異性交往這件事不談，我和蘇子毓做下的事情其實根本一模一樣，爲什麼你們對待我的標準嚴苛，卻願意寬待蘇子毓呢？」

雖然我聽不明白劉尚倫話裡的意思，但好歹明白他絕對不是在誇我。

「你對我到底有什麼意見？」我瞪他。

「只是覺得妳很像小孩子，硬是把需要的人綁在身邊，一不需要就無情推開。」劉尙倫停頓了一下，才又說：「就像以前我綁住若璃一樣。」

「你可以閉嘴了。」鄒衙把喝光的寶特瓶往回收箱一拋。

「我有時候會想，到底是因爲若璃是我的青梅竹馬，還是因爲我眞的喜歡她，所以才不想讓她的眼睛看向別人。」劉尙倫迎向鄒衙的目光，「還是說，是因爲我知道你喜歡她，見到你想得卻不可得的模樣，才讓我更加不願放開她？」

鄒衙二話不說，衝過去揪住劉尙倫的衣領，怒氣沖沖地掄起拳頭。

站在一旁的我雖然措手不及，卻也沒想要上前阻止。

「我不會揍你。」鄒衙忽然用力推開劉尙倫。

「爲什麼？你沒種？」劉尙倫哈哈大笑，態度挑釁。

「不，是因爲你看起來就是一副想被別人痛揍一頓的樣子，好藉此消除你內心的罪惡感，我不會讓你稱心如意的。」鄒衙深吸一口氣，「我對你內心的想法沒有興趣，只要若璃還喜歡你，她任何時候想要回頭，我都不會有怨言。」

說完鄒衙抄起籃球就要離開，「今天看來是打不下去了，不過我明天還會是你的朋友。」

劉尙倫挑了挑眉，沒再出聲，逕自走到一旁的長椅坐下。鄒衙轉身大步離開，我想也沒想便拔腿追上他。

「你是認真的嗎？如果若璃真的和你在一起，那麼哪天她突然想回到劉尙倫身邊你也無所謂？」

「我沒有和若璃在一起。」鄒衜腳步未停。

「我是假設。」

「蘇子毓，每個人表達愛情的方式不太一樣。對我來說，如果若璃傷心哭泣，需要一個避風港，我願意是那個避風港；但如果她快樂微笑的時候，想要分享的對象不是我，那也沒關係。」

「你跟謙，在某種程度上很相像。」永遠是自我犧牲的那一方。

「對，我不會傷害若璃，就算她利用我來忘記尙倫，我也願意，宇文謙一定也是這樣。蘇子毓，我想了很久，我和劉尙倫他們在十三歲那年才認識，可是宇文謙和妳認識多久了？妳眞的覺得他會公開寫出那些事情來傷害妳？」

我心一緊，一時說不出話來。

鄒衜露出了然於胸的笑容：「所以妳自己也有察覺不對勁，是吧？」

「但是……」

「在虛擬的世界裡很容易就可以造假身分，網路上的照片隨便就能輕易複製。」鄒衜輕笑，「妳仔細想想，那些過去眞的只有妳和宇文謙兩個人知道？不可能吧，走過就會留下痕跡，一定有其他人知情。」

「但他們爲什麼要這麼做？」

「妳很好笑，妳會去猜想其他人的動機，卻沒想過宇文謙又爲什麼要這麼做？」

「可是……」

「妳自己去想，別問我，然後回去看一下尚倫，」鄒衎終於停下腳步，「他是喜歡若璃的，只是他們兩個待在彼此身邊太久了。」

金巧文曾說過我和宇文謙是彼此最親密的人，也是最遙遠的人，但也許這句話也很適合拿來形容嚴若璃和劉尙倫。

我走回長椅，劉尙倫正躺在那裡曬太陽。

「幹麼回來？」他沒有張開眼睛。

「鄒衎叫我回來看看你，既然你還是這個樣子，我想我可以走了。」我轉身就要離開。

「妳聽過同性相斥、異性相吸嗎？」劉尙倫坐起身子，「我們兩個之所以會互看不順眼，就是因爲我們兩個很相像。」

「我們兩個才不一樣。」

「我們是一樣的。」他站了起來，雙手插在口袋裡，「宇文謙不會永遠陪在妳身邊，我看見他和另一個女生出去玩了。」

「別亂說。」

「不信妳可以打電話給他。」劉尙倫的微笑一點溫度也沒有，「看看他會不會說謊。」

「他永遠不會對我說謊！」我氣憤地對著劉尚倫大叫，卻忽然瞪大眼睛。

既然宇文謙永遠不會對我說謊，那麼他說過永遠不會傷害我，便一定不會做出傷害我的事。

那篇網誌不可能是他寫的。

「蘇子毓，妳跟我一樣，都是一個無可救藥的笨蛋。」劉尚倫搖頭苦笑，我第一次看清他眼底的苦澀。

他之所以不接受嚴若璃卻又不肯放手，背後原因一定遠比我想像得還要複雜。人心難以預測，看似簡單的決定也許背後都有迂迴的原因。

我決定去育幼院找宇文謙，途中多次撥打電話給他，鈴聲響了好久卻始終無人接聽，我的內心湧現許多不安。等我到了育幼院後，一眾孩子衝著我喊子毓姊姊。

「謙在嗎？」我問了幾個年紀比較大的孩子。

「阿謙哥哥嗎？他出去了。」

「去哪裡了？」

「不知道，不是跟子毓姊姊出去嗎？」

走出育幼院後，我坐在隔了一條巷子的路邊，再次撥打宇文謙的手機，卻依然轉進語音信箱，我急得快要哭出來，手指甲隔著褲子用力猛掐膝蓋。

「你在哪裡？接電話啊！」我不斷喃喃自語，路燈不知道在什麼時候亮了起來，我的手機幾乎要被我打到沒電，宇文謙不接就是不接。

我又要再次被丟下了嗎？

不、不要，不要丟下我！

我拔腿狂奔，再一次來到育幼院門前，手機螢幕一片黑，最後一絲電力宣告用罄。我站在育幼院的圍牆前方來回踱步，焦慮地啃咬著自己的指甲，每聽見一次腳步聲便轉頭看去，卻始終不是我等待的那個人。

過了半小時，宇文謙終於出現了，他一見到我，雖然一愣，表情卻沒有顯得很意外，我立刻衝上前緊抓住他的手。

「你去哪裡了？爲什麼不接我的電話？你到哪裡去了？」

「子毓……」他無力地喊了我的名字，卻在看清我的手指後瞪大眼睛，「妳的手爲什麼……妳咬指甲？」

我這時才覺得指尖隱隱作痛，食指和中指尤其嚴重，不僅紅腫破皮，甚至還滲出血絲。

「謙，你去了哪裡？去了哪裡？不要丟下我！」我哭得不能自己，埋進他的懷裡，「不要不接我的電話，不要這樣，不要讓我找不到你……」

去哪裡都不重要了，我不追問了，只要他現在在這裡就好，只要不會離開我就好，一輩子都不要……

他的手撫在我的背上，輕輕哄拍著。

「我……」他似乎想要開口，卻什麼都沒有說。

「你不會離開我，永遠永遠，對不對？」我抬起頭，淚流滿面地望著他。

宇文謙的笑容淺淡，他點頭，「對不起。」

「沒關係，沒關係，只要以後不要這樣突然不見就好了，不要讓我找不到你就好了，好不好？嗯？」我的語氣近乎哀求。

宇文謙環抱著我的手一緊，嘴角的笑容也變得勉強。

「嗯。」

這句「嗯」不知道是我的幻想，還是他眞的有說出口，然而不論是我的哭聲還是他眼中的關懷，都隨著夜風的吹拂消散得無影無蹤。

❖

我來到古一杰的班級後門，面對教室裡一片陌生的面孔感到有些畏懼，但仍然鼓足勇氣請人幫忙把古一杰叫出來。

「眞是難得，怎麼會來找我？」古一杰又胖了些。

「你學測還好嗎？」

「妳只是要問我這個問題？」他擺明了不相信，「我聽宇文謙說他選塡了台北的大學，妳也是嗎？」

「他、他沒跟我說。」我嘴裡滿是苦澀，他終究沒告訴我。

「妳和宇文謙到底怎麼了？太奇怪了，我錯過什麼事情了嗎？」

「這邊不方便說話……」我轉身往別處走，古一杰跟了上來。

我們來到荷花池畔，古一杰東張西望了一下，確定附近沒有人，才在我對面的石椅坐下，「說吧，到底怎麼了？我問過宇文謙，他每次都說沒事，我就想算了，別多問，只是看來情況已經嚴重到妳竟然會主動來找我了。」

雖然我和古一杰從國小就認識，我傷害過他、他也傷害過我，而最後也冰釋前嫌了，但我們仍然不算熟稔。

宇文謙向來是我們之間的橋樑，沒有宇文謙，我和古一杰便沒什麼話聊。就連現在宇文謙離開南苑都要一年了，我和古一杰還是爲了宇文謙的事才會特地碰面。

我一股腦地將事情經過全告訴他，包括那篇網誌，以及宇文謙的改變，彷彿倒垃圾般，我將所有負面情緒全部向古一杰傾訴。

聽完以後，古一杰瞪大眼睛，不敢置信地張大了嘴：「怎麼會發生這種事？」

「你沒聽過任何傳言？」我以爲流言蜚語早已傳遍全校。

「我從來沒有聽過！蘇子毓，妳和宇文謙發生這樣的事爲什麼沒跟我說？我以爲他轉學只是因爲升學考量，當初問宇文謙，他也打哈哈帶過，沒想到起因居然這麼嚴重！」古一杰萬分訝異。

「那些並不重要，他做了不該做的事是事實。」

「靠……宇文謙不可能做出那樣的事，妳是眞的不知道還是假的？妳有這麼白痴嗎？」古一杰忍不住罵了聲髒話。

「那些事除了他以外還有誰會知道？你既然沒聽到風聲，就表示你根本沒看過那篇文章，所以你怎麼可以怪我！」我氣得大吼，彷彿又再一次承受傷痛。

「還有我知道啊！當時我也在場啊，妳忘了嗎？我是妳國小同班同學欸！」古一杰大聲辯駁。

我先是一愣，才囁嚅地說：「可是你不會說出去的，不是嗎？」

「妳相信我不會說出去，卻不相信宇文謙不會說出去？老天，妳到底是怎麼回事？」古一杰神色一凜，「蘇子毓，請妳冷靜聽好我接下來要說的話，等我說完以後，要打我或怎樣都隨便妳。」

我內心湧起一股強烈的不安。

「我曾經和別人提起過妳和宇文謙以前的事，那時候我喝了一點酒，正巧朋友聊到妳和宇文謙，我沒多想就說了。」

我不敢相信自己的耳朵，腦袋像是被凍住了似的完全無法思考，古一杰說什麼？

「你和朋友之間的談話，爲什麼會提到我們？」我聽見自己的聲音微微顫抖。

「易仲說你們之間的關係太不正常了，我急著向他解釋，那是因爲你們小時候一起經歷過太多事，才會這樣。對，這件事情是我說出去的。」古一杰又罵了句髒話，氣惱地抓抓頭，「我不想這麼說，可是那篇文章妳眞的仔細看過嗎？妳有確認過文章是不是宇文謙的語氣？文章裡提到的事眞的只有你們兩個才知道，還是只要是樟小畢業的都可能會知道？當時妳和宇文謙很出名，我敢打賭樟小畢業的人有一半都聽說過你們的事！那篇網誌絕對不可能是宇文謙寫的，如果要我說，我會覺得說不定是易仲冒名寫的，他這個人對於男女生之間的朋友關係格外在意……喂，蘇子毓，妳要去哪裡？」

我沒等古一杰說完，立刻往章易仲的教室跑去。心臟激烈地狂跳，種種過往在我腦海中一幕幕閃現，最後停格的畫面是宇文謙那雙受傷的眼睛。

爲什麼我從沒想過去向古一杰求證？

爲什麼我一直覺得古一杰不會說出去，卻認定了宇文謙就會？就因爲部落格上有圖有文？就因爲那篇網誌寫得鉅細靡遺？

但文章裡提及的那些過去，像是我在醫院崩潰大哭、在教室用原子筆戳傷手腕，這些古一杰也全都知道啊！

通篇文章裡有的只是敘事性文字，沒有半句宇文謙曾經對我說過的話，然而我卻絲毫未覺。

是不是因爲我太過信任宇文謙，而這種信任容不下一絲懷疑？

我明明也有察覺到不對勁，但我卻堅持己見，堅持認定宇文謙背叛我、傷害我！

他明明說了好幾次啊，他說過他不會傷害我……

在我經過鯉魚池的時候，章易仲正巧迎面走來，我立刻叫住他。

「章易仲！」我大喊。

路上其他學生全都朝我看來，章易仲更是嚇了一跳。

當我上氣不接下氣地跑到他面前時，章易仲雙手環胸，饒富興味地笑著說：「這是我第一次聽妳說話這麼大聲。」

「眞的是你嗎？」我沒心情跟他哈啦，直接切入正題。

「什麼？」

「那些網誌！」

章易仲挑了挑眉，完全沒想要隱瞞：「妳是不是察覺得太慢了？難道妳沒注意到那個部落格上的照片和文字，都是從妳和宇文謙的臉書上複製過來的嗎？除了最後那篇揭露妳過去的網誌以外。」

「爲什麼？爲什麼要這麼做？」我幾乎就要失控尖叫。

章易仲笑了下，往穿堂方向走。

「這邊人太多了，去藤蔓步道那裡吧。」他扭頭帶著笑意對我拋下一句。

看著他泰然自若的背影，我氣得渾身發抖，怒不可抑。

「眞的很噁心啊，兩個人明明就互相吸引，明明牽著手，卻說彼此只是非常重要的好朋友，然後還開始干涉對方的交友圈，這樣眞的只是朋友嗎？」一來到藤蔓步道，章易仲便轉身朝我冷笑，「噁心、虛僞，用『朋友』兩個字來帶過男女之間超乎友誼的關係，一旦旁人無法認同或提出質疑，就批評旁人心胸狹窄。」

我冷汗直流，章易仲從一開始就好幾次不經意地對於我和宇文謙之間的關係表示鄙夷，爲什麼我沒有多加留意呢？

「這些事情又關你屁事？」我怒吼。

「當然關我的事，因爲總是會有人因爲你們那所謂的『偉大友誼』而受傷，那些人如果喜歡你們、想要待在你們身邊，就被迫一定得接受你們那套說法。」章易仲語調冰冷，彷彿他親身經歷過這樣的傷痛。

「都這樣了還不算交往，卻說了會永遠陪伴對方，你們把你們的伴侶當成什麼啦？」

驀地想起章易仲曾經這樣對我說過，我不禁氣急攻心，「儘管如此，就算你曾受過傷好了，那又關我和謙什麼事？傷害你的人又不是我們！」

「我只是想揭開你們虛僞的面具，你們口口聲聲說彼此只是青梅竹馬，還說這樣的關係永遠不會改變，結果呢？我多次親眼目睹你們親密的肢體碰觸，還敢說彼此只是好朋友？你們究竟是想要多對不起你們未來的伴侶呀！」說到這裡，章易仲放聲大笑，「我只不過是複製了幾張照片，寫了幾篇文章，妳就輕易相信了這一切，輕易相信宇文謙背叛了妳，只因爲那些事該是只有你們才知道的祕密？世界上沒有祕密，沒有人可以保有祕密！」

「你明明知道我和謙的過往，又爲什麼要這麼做……」

「那些過往關我什麼事？也不關你們未來伴侶的事。」章易仲的聲音很冷淡，「況且就算你們一起經歷過那麼多事，關係也沒多深厚，如此輕易就崩壞了，那不也證明了這段關係本來就有問題。」

我的眼眶泛紅，覺得自己是個超級大白痴，爲什麼被憤怒和羞愧蒙蔽了這麼久，遲遲不肯相信忠實陪在我身邊的宇文謙。

我該相信他的啊！

宇文謙不會傷害我的，他永遠永遠都不會傷害我。

反倒是我狠狠傷害了他，還要他離開我的生活，把他趕去了鏡湖高中。

我到底做了些什麼事啊！

「章易仲，你這個王八蛋！你、你讓我……」

「好啊，我是王八蛋，那妳呢？不信任宇文謙的是誰？傷害他的又是誰？拜託，蘇子毓，妳還眞以爲妳是公主嗎？只不過是沒人要的……」章易仲話還沒說完，就被忽然衝出來的蔡宗貴痛揍一拳。

「即使他們兩個未來的伴侶會受到傷害，那也不關你的事。」蔡宗貴冷著聲音。

「哇！」鄒銜也跟著出現，他吹了一記口哨，「菜頭貴出手太快了，我還來不及展現實力呢。」

「你可以再去補他一腳啊。」嚴若璃嘖了聲，小跑步來到我身邊，「子毓，妳沒事吧？」

「我、我做了些什麼？怎麼辦？謙他……我到底做了些什麼啊！」我心神俱亂，惶然不知所措。

嚴若璃立刻打了我一巴掌，聲音響亮得讓正在激烈扭打的蔡宗貴和章易仲兩人皆是一愣。

「妳們那邊又在幹麼？這樣我要去哪邊幫忙啊？」鄒衍嚷嚷著。

「蘇子毓，冷靜下來了嗎？」嚴若璃盯著我的眼睛，「第一，妳知道自己錯了，所以就去道歉。第二，妳現在才知道自己誤會他了，而宇文謙早就知道妳誤會他，所以妳該做的還是道歉。」

我摀著自己被打得發痛的臉頰，喃喃低語：「謙會原諒我嗎？」

嚴若璃莞爾，「這我怎麼會知道，最了解他的不就是妳嗎？」

「就我所知，宇文謙一定會原諒妳的，不管妳做了什麼。」鄒衍淒然一笑，他的眼神飄向嚴若璃又隨即轉開，那短短一瞬間，只有我注意到。

蔡宗貴又揍了章易仲一拳，他甩著手，狠狠橫了鄒衍一眼，「鄒衍，你到底是來看戲還是幫忙的？」

「我看你一個人就可以搞定了啊。所以人家都說平時像是好好先生的人，一生起氣來最可怕了，你要小心，說不定這傢伙會去告你傷害！」鄒衍雖然嘴裡這麼說，還是衝過去重重踢了章易仲一腳。

「我說眞的，你們別再打了，都高三了，小心一點好嗎？」嚴若璃話裡雖是勸架，卻一臉鄙夷地斜睨著章易仲。

「蘇子毓，妳知道現在宇文謙人在哪裡嗎？」蔡宗貴取下臉上被打歪的眼鏡，提起制服衣襬擦拭鏡片。

「他人應該在鏡湖吧……現在是上課時間。」

「我在鏡湖的朋友都說，宇文謙現在皮得很，完全不受控制，還會蹺課，每天都被教官追著跑，不覺得很不可思議嗎？是優等生宇文謙耶，不過他依然保持不錯的成績就是了。」一邊繼續料理章易仲，一邊輕鬆加入話題的鄒衛對我微笑，「宇文謙變成這樣應該不是自暴自棄吧？」

「你少講兩句話會死嗎？」嚴若璃翻了個白眼。

「既然知道他在鏡湖，那妳現在就過去找他吧。」蔡宗貴說。

「現在嗎……」知道眞相的我害怕見到宇文謙。

我該道歉，該請求他原諒。

可是他見到我時會有什麼樣的表情？我要如何承受他的傷痛？

「快去啊！妳想要跟我一樣後悔嗎？」蔡宗貴朝我大吼。

這一吼讓鄒衛停下了正在踹人的腳，挑了挑眉。

「我、我馬上過去！」我立刻轉身往校門方向跑，卻被嚴若璃拉住。

「白痴，蹺課還要從大門喔！從後門那邊啦！」

「蠢得沒藥醫。」鄒衛笑著拿出手機，拍下幾張章易仲求饒的畫面。

「我會幫妳跟老師找藉口的。」嚴若璃從口袋掏出小錢包交給我，「裡面有悠遊卡和一些錢，妳先帶在身上吧。」

「謝謝你們，我真的不知道該怎麼……而且你們為什麼會……」

「妳的另一個朋友來找我們，所以我們才會四處在校園裡找妳。」嚴若璃微笑，她說的是古一杰。

「謝謝你們……」

「快去了啦！」鄒衙揮揮手，蔡宗貴有些無奈地搖頭。

我一路跑向學校後門，學校後門位在另一條籐蔓步道盡頭處，很少人會特意過去那裡。

沒想到，當我來到後門時，卻意外撞見正翻牆而入的劉尚倫，他看到滿臉淚痕的我也是一愣。

「蘇子毓，發生什麼事了？」

「我、我現在有急事，沒有時間跟你解釋！」我立刻要往牆上爬，劉尚倫卻過來拉住我。

「妳要蹺課？去哪裡？到底怎麼了？」他應該是因為從來沒見過我這麼慌張，生怕我會出事。

他其實是個好人，只是跟我一樣，太害怕自己受傷，所以才會傷害別人。

我們都想要維持現狀，不要改變，然而怎麼可能呢？最後只能用最愚蠢的方式去試圖說服自己一切仍然沒有改變。

我和劉尙倫眞的很相像，所以我才會討厭他。

「我太笨了，是我的錯，我現在必須去見謙！」我的眼淚一直掉。

「宇文謙？他不是在鏡湖嗎？而且現在是上課時間耶！」劉尙倫企圖阻止我。

「不要再攔我了！我現在一定要去！」

「妳爲什麼要去找他？」劉尙倫大吼，「當時妳要我別去找若璃，妳是怎麼跟我說的？」

「如果不喜歡她，就不要煩她。」

那時候我是這麼勸誡劉尙倫的，多餘的溫柔，只會傷害愛你的人。

「同樣的，妳現在去找宇文謙又是爲了什麼？是爲了妳的愧疚？如果妳對他的感情並不是愛情，不如就讓這個誤會繼續下去，讓他失望、讓他難過，然後他可以去往其他可以獲得幸福的地方，不是很好？」劉尙倫用力搖晃我的肩膀，我從他的眼裡清楚瞥見深刻的痛苦。

我反手抓住他的手腕，直勾勾地望著他，「你對若璃感到內疚嗎？」

他苦笑，「那還用說？」

「沒有愛，就不會內疚。」

「所以妳想清楚了？」

我點點頭，堅定地望著他。

他無奈地嘆了口氣，走到牆邊彎下身體，「過去吧，小心點，妳有帶手機嗎？」

我搖頭，書包還放在教室，劉尚倫抬起頭沒好氣地說：「妳眞的是……我的手機先借妳，到了鏡湖應該會需要打電話給宇文謙，錢包也先借你。」他邊說邊從書包找出手機和皮夾。

「若璃已經借我錢了。」我從口袋掏出嚴若璃的粉紅色小錢包，抽抽噎噎地哭個不停，「劉尚倫，你現在還有機會，跟若璃好好溝通，不要落得像我和謙一樣，更不要重蹈蔡宗貴的覆轍。」

劉尚倫只露出一個苦笑，將手機塞到我手中，再次彎下腰，「也許我是那種不見棺材不掉淚的性格吧。快去找宇文謙，希望你們一切順利。」

我踩上劉尚倫的背，翻過了南苑的圍牆。

一邊在大街上奔跑，一邊抬手擦掉頰上的淚，在成長的過程中，我其實遇見了許多貴人，也從中得到了許多幫助。

然而爲什麼我老是要覺得自己很可憐？

我所遇見的都是好人，上天早就安排了最好的人陪在我身邊。

是我自己東張西望，是我自己抓著宇文謙的手，卻又一直往其他地方看。

明明奢求一切不變，卻是我主動改變了一切。

好不容易搭上公車來到鏡湖高中，時間已經是下午，我拿著劉尚倫的手機，撥了電話給宇文謙。

「喂？幹麼？現在上課時間耶！」宇文謙輕快的語氣從話筒那端響起，雖說是上課時間，但他的聲音卻絲毫沒有壓低，背景音聽起來也不像是在教室裡。

我哭了，什麼話都說不出來，只有停不住的啜泣聲。

「靠，劉尚倫你現在在玩哪一齣？這是整人電話嗎？還是你又跟嚴若璃怎樣了？」

「謙……」

「……子毓？」宇文謙的聲音失去了剛才的輕快。

「謙……」我放聲大哭，幾乎無法完整說出一句話。

「妳怎麼了？怎麼會用劉尚倫的……發生什麼事？妳在哪裡？」他的聲音十分慌張，我知道他還是很關心我、在乎我，這些我都知道。

「我……我在鏡湖外面。」我努力想要止住淚水。

「妳在我們學校外面？現在是上課時間耶，妳到底……」他聽起來像是要氣壞了，「妳現在走到校門旁邊的圍牆下，在那邊等我。」

我還來不及看清自己站在哪裡，下一秒宇文謙就俐落地翻牆而出，他一見到我滿臉淚痕，便立刻握住我的肩膀：「妳發生什麼事了？怎麼哭成這樣？」

他略顯粗糙的拇指撫過我的臉頰，爲我拭去淚水，我貪婪地想要索取他更多的溫柔。

我緊緊抱著他，像小時候一樣在他懷裡哭泣，「對不起、對不起，謙，都是我的錯，對不起……」

宇文謙當然不明白我在說什麼，他全身僵硬，雙手垂在身體兩側。

我猛地用力抓住他的兩隻手，往自己的背上一放，示意要他抱住我。

「子毓……」他的雙眼有著一絲陌生。

我感到十分恐懼，雖然我早就察覺宇文謙已經變了，可是此刻我正在哭啊！

我很痛苦啊，宇文謙應該要抱住我、安慰我才是，這才是宇文謙。

他已經在我看不見的地方有了改變，他已經走去我到達不了的地方了嗎？

他的眼睛裡，是不是已經有了另一個人？

「謙，原諒我！我誤會你了，我現在知道眞相了，要懲罰我、要打我罵我都可以，求求你不要……」不要用那種眼神看我。

宇文謙垂下眼睛，他僵硬地輕拍我的肩膀，「我們換個地方說，好嗎？」

「嗯……」我好不容易止住眼淚，宇文謙輕輕放開我，盯著我看了好一陣子後，他朝前方走去，忽然停下腳步，又轉過頭看我。

我站在原地，等著他做出那個舉動。

他猶豫了一下，才緩緩伸出手，我立刻上前握住，十指交扣，緊緊握著。

宇文謙臉上的表情很複雜，不管他在想什麼，一切都是我的錯。

他領著我來到DS咖啡館，我們以前曾經多次說過要來，卻老是沒有機會。

而他現在帶我來到了這裡，讓我感動萬分，同時也讓我對於等會兒想要說的話有了此信心。

我之所以會喜歡這間咖啡廳，有很大原因是因爲店裡選用各式暗色系色彩作爲設計主要基調，卻能將這些顏色融合得柔和美麗。推開拱門形狀的木門，門上懸掛的風鈴響起一陣清脆的碰撞聲，身穿黑色的服務生立刻上前招呼。

我們被安排坐在書架旁，木製桌椅的感覺很溫暖，放眼望去，店裡每張桌子搭配的椅子都不太一樣，有木椅，也有鐵椅或沙發，看樣子店家是刻意選用不同材質的椅子進行搭配。

「奶茶和巧克力蛋糕，對不對？」宇文謙問。

我點點頭。

「兩杯奶茶，一份巧克力蛋糕，還有一份原味派皮。」宇文謙看也沒看，便把菜單交還給服務生，隨口點完了菜。

「原味派皮是什麼？」我嚥了口水，小心翼翼地問。

「是一種鹹派，裡面內餡有洋菇、洋蔥、起司以及一點點培根，妳等一下吃吃看就知道了，很好吃喔。」宇文謙露出一個有些陌生的笑容，我不禁心裡一揪。

「你……來過了啊？」

他沉默了一會兒，才對上我的眼睛，「來過了。」

「和誰呢？」我扯出一個微笑。

「在鏡湖認識的朋友。」

我。

我咬著下唇，再次感覺到宇文謙已經去到了太遙遠的地方，而將他推遠的人就是

我一直夢想著有一天要進來DS，我要和宇文謙點遍菜單上所有的蛋糕和奶茶，然後評比哪個最好吃，接著再去下一家咖啡廳，目標是把台北所有咖啡廳的甜點都吃過一輪。

沒想到我們一起造訪的第一間咖啡廳，他卻早已和別人來過。

「妳……爲什麼哭呢？」他喝了口奶茶，臉上神情複雜。

「因爲……」我深吸一口氣，「我知道是我誤會你了，一切都是章易仲做的，他爲了……挑撥離間……」越講我卻越是心虛，章易仲的話在我腦海中響起。

他的確做了壞事沒錯，可是選擇相信的是我，逼走宇文謙的也是我，然而我卻想把過錯全都推到章易仲身上，然後讓宇文謙原諒我？

我不由得低下頭，說話的聲音越來越小，眼眶裡原就搖搖欲墜的淚水一顆顆滴落在大腿上。

宇文謙沒有任何反應，桌上的蛋糕和鹹派我們誰也沒動，最後我還是只能說出那句蒼白無力的道歉：「對不起。」

「算了，都過去了，既然妳已經知道眞相，這樣就可以了。」宇文謙淡淡地說。

我倏地抬起頭，看見他空洞的笑容。

「我永遠不會責備妳，不管妳做了什麼事。」

我聽了越發心痛，淚水再次滑落。宇文謙笑了笑，用叉子切下一小塊巧克力蛋糕，遞到我面前，要我張開嘴巴。

「嗯，吃一口甜食吧，妳不是最喜歡吃甜的東西嗎？哭哭啼啼太不像妳了，會讓我想起小時候的事，我還是最喜歡看見妳微笑的樣子。」

我一邊哭，一邊艱難地努力張開嘴巴。宇文謙溫柔地將蛋糕塞進我嘴裡，他瞇著眼睛對我微笑。

蛋糕很甜，眼淚很鹹，而宇文謙的笑容讓我覺得很痛苦。

離開了DS後，宇文謙看了看手錶，「今天最後一堂課很重要，我一定得要回學校，我送妳去公車站牌好嗎？」

我有些慌亂，感覺事情根本還沒有說清楚，但卻好像也已經說清楚了。

「謙，我還沒說……」我拉住他的衣角，當他轉過身時，我閉上眼睛，「你曾說過，當我再次在你面前閉上眼睛，就是我們關係改變的時候。」

我的聲音和雙手都在顫抖，我想知道現在的他會是什麼表情。

我害怕改變，我害怕愛人，因爲我怕我愛的人會離開。

重要的人總是會離開，不管是媽媽還是阿嬤，一旦我眞心付出了愛，任何人的離去對我都是極盡的折磨。

所以我不願意再全心全意去愛阿姨，因爲她總有一天會和魏叔結婚，在她新成立的家庭裡，不會有我的容身之處，最終還是只會剩下我一個人。

這也是爲什麼我不肯承認自己一直愛著宇文謙，只固執地用「依賴」、「需要」來定義這段關係，因爲愛情比親情還要更不牢靠。

但如今，若我不承認自己愛他，他就會離開我了。

「謙，我太晚發現了，你對我很重要，我不能沒有你，我是愛你的，你要如何恨我、報復我都沒關係，就是不要離開我。」我依舊緊閉雙眼，稍稍用力拉了拉他的衣角。

一雙大手輕輕撫過我的眼睛，「我不會離開妳的，永遠不會。」

我睜開雙眼，宇文謙的表情已經變得陌生至極，頓時我感到萬分恐懼，眼前這人是誰？

「我是妳的依靠、妳的家人，一輩子都是。」他拉開我握住他衣角的手，「我眞的要回學校了，鏡湖的教官很囉嗦……」

他往後退了一步，這小小一步，讓我的世界再次天黑。

「子毓，再見。」他轉身要走，那身影瞬間和媽媽的背影重疊。

「不要……不要！不要走！」我大叫，恐懼再次翻天覆地襲來。

宇文謙轉過來，我渾身顫抖地撲進他懷裡，緊抓住他淺藍色的制服襯衫，「不要丟下我、不要、不要丟下我！」

「蘇子毓，妳冷靜一點，我沒有要丟下妳，只是我眞的要回去學校上課。」宇文謙雙手搭在我的肩上，想要將我推開。

我再也忍不住放聲大哭，「你以前不會這個樣子，你以前不管怎樣都會把我放在第一位，以前你在我崩潰大哭的時候會抱緊我，而不是把我推開！」

我抬頭對上他錯愕的雙眼，他也察覺到自己的改變了。

我不要啊，我不要這樣！

「謙，你已經不愛我了嗎？」我開始覺得呼吸不過來，「你也要拋棄我了嗎？」

「我……」他的眼底有著猶豫，搭在我肩上的手顫抖不已。

「你說過活著就會改變……如果是這樣的改變，那我寧願永遠不要變，如果當時我就死在醫院，是不是就不用承受阿嬤離開的折磨，也不用承受你已經改變的痛苦了？」

我知道我說的話很卑鄙，但只要這麼說，宇文謙就一定不會丟下我。

我死盯著他的雙眼，他眸裡的情緒翻騰如一場風暴欲來，似乎那些湧現的回憶、那些承諾、那些愛意，以及那些改變，全都在他的眼眸裡忽明忽滅。

「你說過會永遠陪在我身邊的！我要你陪在我身邊，但不再是朋友、也不是家人！」

我朝他伸直了左手的食指跟拇指，而他卻什麼反應都沒有，我用力拉起他的右手，將他的中指、無名指和小指用力往下壓，硬是豎起了食指跟拇指，接著再把自己左手的食指抵住了他的拇指、拇指抵住了他的食指，四根指頭合成了一個「口」字。

「這是屬於我們的地方，是只有你跟我的空間！如果沒有你，這個空間還會堅固如昔嗎？你要離開我嗎？你要毀掉這些嗎？」

「我……」

我的唇湊上他的，這個吻溫熱卻帶著心痛。

他的手忽然用力握了握我的肩，隨即落到我的背上，緊緊擁抱著我。

我離開他的唇，看見他雙眼中的風暴已經平息，如無風吹過的靜止湖面，一絲波瀾也沒有。

「我永遠不會離開妳，只要妳還需要我。」他緩緩開口。

他不恨我，卻也不愛我了。

他的心底有了別人。

但此刻爲了我，他抹煞了她的存在。

這樣就可以了，就夠了。

「我需要你，一輩子都需要你。」我緊緊抱住他，「我愛你。」

回抱我的宇文謙，已經不是當年那個一心一意只想著我的宇文謙了。

但那又如何？

他依然在我身邊，這才是最重要的。

第十二章

我要求和宇文謙約會。

出門前，我特地穿上他送我的那件奶茶色風衣，想讓他回想起那時候的我們。

「這一次你就別來接我了，既然是約會，我們就約在公園前的公車站牌吧。」

「好，等會兒見。」

天氣雖然已經不再寒冷，但這件風衣別具意義，所以我還是穿上了它，步行至約定地點，滿心期待宇文謙的到來。

當他穿過公園，看見我已經站在公車站牌下時，他立即小跑步過來，朝我伸出手，給我一個溫暖的微笑。

他會和我說起鏡湖的事，會跟我說起班上的同學，也會說起他對未來大學的期許，以及一些瑣碎的日常生活小事。

在選塡推薦甄試的學校時，我們還未重拾聯絡，自然也沒討論過彼此想去哪所大學，所以我們選塡了不同學校。現在若是我堅持要和宇文謙念同一所大學，便得再去參加七月的指考，但這樣風險太高，於是經過討論後，我們決定還是依照推甄結果，前去不同大學就讀。

反正那兩所大學都位於台北，只要搭捷運、轉乘公車就能到，況且我們住得這麼近，不需要過於擔心。

我們跟以前一樣，碰面以後只是在街上隨意走走，然後買瓶奶茶或甜食坐在文創園區或是大型商場裡的椅子上閒聊，有時我們也會去遠一點的地方參觀展覽，或是去圖書館看書。

偶爾當我朝他看去時，會發現宇文謙心不在焉，不知道在想些什麼，但只要他對上我的眼睛，便會露出溫暖的微笑。

當我吻他，他會回應我的吻，卻從來不曾主動。

我快樂嗎？我是很快樂，也很幸福。

只是比起快樂，和宇文謙在一起，更多時候我卻感到痛苦。

但也許眞正的愛情便是如此，自己的心像是隨時被什麼東西抓著一樣，揪疼得難受，卻願意忍受這種不適。

「你愛我嗎？」我問他。

「我當然是愛妳的。」他輕捏我的手，那帶著酒窩的微笑讓我知道他的眞心誠意。

「你對我的愛包含了愛情嗎？」我望著他。

「愛情嗎？」他的笑意不減，「那重要嗎？」

沒關係的，反正，我們交握的手，永遠不會鬆開。

❖

高中畢業後，宇文謙說爲了揮別過去，他把幾個常用的通訊軟體全換了新帳號，同時也換了一支新手機。

我沒有多問背後原因，我能理解那是爲了讓我心安的證明，宇文謙爲我做了很多，也犧牲了很多。

所以即便就讀不同大學，我們各自忙著打工，見面的時間很少，那也沒關係；即便以前他再怎麼忙，也會盡量騰出空檔來找我，而現在卻不那麼做了，那也沒關係。

因爲我們都太忙。

太忙，是個很好的藉口。

有時候我會坐在房間裡，什麼也不做，就只是呆呆凝望著窗外的天空，我漸漸習慣了不再與宇文謙頻繁碰面。那沒有關係，我說服自己，就算宇文謙對我已經沒有了愛情，但他不會背叛他的承諾，說了會一輩子陪我就是一輩子。

而那國中四人行也終於被打散了，我原本以爲鄒衙會跟著嚴若璃去念同一所大學，沒想到他們四個人各自分散在北中南東四處。

「天下無不散的宴席嘛！」

意外的是，當我分別問過四個人的想法時，他們都給出了差不多的結論。

「希望妳和宇文謙永遠不會改變。」而去到外島念書的古一杰這麼對我說，從以前到現在，希望我們永遠不變的，也就只有他了。

「我眞的很抱歉，我是害得你們關係變質的兇手。」古一杰誠摯地道歉。

我搖搖頭，那不是他的錯，追根究柢，是我不夠信任宇文謙，是我的問題。

所以我並不恨章易仲，他也許是因爲曾經受過傷害，才會想要傷害我。

人不都是這樣嗎？

章易仲一直到畢業前都沒再和我說過話，就算偶爾在學校遇見也不會打招呼，當時他鼻青臉腫的模樣一度惹來大家的議論紛紛，面對眾人的追問，章易仲卻始終避而不答。

也許他也覺得自己做錯了，然而不管他是怎麼想的，也不管是不是因爲鄒衛拍下他慘兮兮的照片作爲要脅的緣故，總之，我很感謝這場因我而起的鬥毆，沒有讓鄒衛和蔡宗貴受到學校的懲處。

某天，宇文謙打電話給我，問我要不要去參加他們大學的園遊會，我當然立刻答應。

「你會將我介紹給你的大學朋友認識嗎？」我問他。

「當然會。」他篤定的回答，讓我笑開了臉。

園遊會那天，我穿著洋裝來到宇文謙的學校，他站在校門口等我，一見到我便朝我伸出手，我也牽上他的手。

「喔，所以妳就是他的女朋友嘍？」

宇文謙爲我介紹他的朋友，其中有個男生身材高大壯碩，臉蛋卻意外的秀氣。

「你們好……」我有些不好意思，朝宇文謙身後一躲。

「你長得太可怕了，往後站一點。」一個頭髮挑染著紫色的漂亮女生對我微笑，「我們聽他說過妳的事，你們是青梅竹馬是吧，好像電視劇一樣。」

「聽說他愛妳愛了好多年？好噁心喔！」另一個長得有點眼熟的男孩插話。

「哇，本性露出來了，快點投書記者！」宇文謙喊。

那個男孩立刻瞪他一眼。

我偷偷瞄向宇文謙，心裡感到甜蜜無比，但同時又覺得心像是要碎了一般，對於我們之間的不堪，他絲毫未提，只對別人說起美好的一面。

關於那段我如何傷害他的過去，都被他默默藏在心底，只告訴大家他對我懷抱多年愛戀，即便那份愛戀如今已然消散。

他是在說服自己，勉強自己。

我知道的，可是我選擇握緊他的手告訴他，我需要他，我很需要他。

我們在校園裡四處閒晃，經過園遊會攤位時，顧攤位的人有不少是宇文謙的朋友，有些人會言語風趣地拗他花錢買東西給我，有些人則會主動送飲料、點心招待我們。

宇文謙在校園裡四處穿梭，怡然自得，他身邊的每個朋友我都不認識，我彷彿看見他的背後長出一雙翅膀，就要飛到我看不見的地方。

「謙！」

「嗯？」

然而當他和朋友聊得正盡興時，每次我喊了他的名字，他轉頭對我溫柔淺笑的那一瞬間，那雙翅膀便會消失無蹤。

宇文謙是鳥，而我卻成了他的鳥籠，我將他囚困在我身邊，剪斷他的翅膀，不讓他去任何地方，只因爲我需要他。

察覺到這一點後，我很生氣，也爲自己感到可恥，擦掉奪眶而出的眼淚，我轉身就想往別處走去，宇文謙追了上來。

「子毓，妳到底怎麼了？」他一直追問。

我隨口說了句他應該要知道我在氣什麼。

他不會知道的，但是他卻向我道歉。

他的包容、他的自我貶低、他的一切犧牲都是爲了我。

我回過頭，看著他難受的模樣，那不是因爲愛我而難受，而像是被掏空了似的，因爲勉強自己去做某件事，而覺得生活索然無味。

望進他的眼裡，我看見的是空洞的深淵。

❖

「請問妳是蘇子毓小姐嗎？」

二十歲生日過後的兩個禮拜，我在家裡樓下遇見一個身穿西裝的男人，看起來約莫三十多歲，我原以爲他是阿姨的朋友。

「您要找曾小姐嗎？」

「不，有個包裹要請您簽收。」他手上捧著一個小包裹，並遞過來一張簽收單，「麻煩請在這邊簽收。」

「這……」我覺得很詭異，下意識就想往後退。

「請不要擔心，我不是壞人，」他再遞過來一張名片，「我們公司提供未來寄物服務，客人可以在我們公司寄放包裹或信件，等到指定日期再由我們送交給某人，寄放時間不限，五年或十年都沒問題。」

我看了看名片，又看了看寫著我名字的包裹，還是不敢相信他說的話。

「這個包裹寄放在我們公司十幾年了，當時客人提供了您年幼時的照片，我還怕會認錯人呢。」他拿出一個白色信封，從裡面抽出一張照片。

看清那張照片後，我差點站不穩腳步，那是我和一個女人的合照，那女人長得跟阿姨很像。

高跟鞋叩叩叩的聲響瞬間又在我腦海中迴盪，那個女人是我的媽媽。

「蘇小姐，請簽收。」

「不、我不要，我不要這樣東西！」我尖叫著把他的手推開。

「蘇小姐，您這樣我們……」男人露出爲難的表情，而我則是慌亂地想要逃走。

「子毓！」宇文謙忽然出現，他立刻擋在我和那個男人中間，警戒地問：「這是怎麼回事？」

「啊，抱歉，是我沒有考慮周全……只是這件包裹寄放的時間已經很久了，當時那位委託的女士情況也不是很好，所以我們很急著想將包裹送交到您的手上……」男人拿出手帕擦拭額頭上密密麻麻冒出的汗珠。

「怎麼回事？」宇文謙又問了一次，握住我不斷顫抖的手。

男人將他剛剛對我說過的話重述一遍，宇文謙滿臉不敢置信：「所以這是……子毓的媽媽寄放的？」

「可能是，也可能不是，我們不清楚委託人和這位小姐之間的關係，也不清楚包裹裡有什麼東西。」男人再次將包裹遞到我們面前，「請簽收吧。」

宇文謙看了一眼我抗拒的臉，「可以代簽嗎？」

「謙！」我喊。

「妳會需要的。」宇文謙搖頭，不理會我的抗議，逕自在簽收單上寫下他的名字。

「請務必要拆開包裹。」男人鬆了一口氣，將那放有照片的白色信封和包裹交給宇文謙，恭敬地朝我們一鞠躬後，轉身離開。

宇文謙拿著包裹，牽著我的手上樓回到我家。

那個包裹就放在我房裡的桌上，但我們沒人去拆，我瑟縮在床角，呆呆望向窗外。

「子毓，拆開看看吧。」

「我不要。」我用力搖頭，好不容易不再作惡夢了，要是包裹裡放著我不想看見的東西，那該怎麼辦？

「不要逃避。」宇文謙柔聲相勸，「不管怎麼樣我都會在。」

我咬著下唇，瞪著他，不假思索脫口而出：「就算痛苦你也會在？」

「當然，妳痛苦的時候，我一定會陪在妳身邊，不管妳是快樂悲傷或是……」

宇文謙沒聽懂我的意思，我打斷他：「就算你待在我身邊很痛苦，你也願意？」

他瞪大眼睛，「妳覺得我很痛苦？」

「至少我知道你在勉強自己。」我把頭埋在雙膝之間，「你已經不愛我了，你勉強自己待在我身邊，你以爲我不知道？」

「……妳需要我。」

我憤恨地抬起頭，對上他空洞的雙眼，他沒有說謊，他是自願待在我身邊的，就算不愛我，他也不痛苦。

「我可以待在妳身邊，如果……不是男朋友的話。」他終於說出了眞心話。

此刻我才忽然體會到，以前他待在我身邊時是什麼樣的心情，當我口口聲聲宣稱不要愛情，只要他以朋友身分陪在我身邊時，他的內心有多痛苦。

我給了他長達好幾年的痛苦，他依然義無反顧，而我不僅不知感激，還狠狠傷害了他，一直以來，宇文謙都都沒有背叛我，是我背叛了他。

想到這裡，我站了起來，拿起刀片，走近桌前，割開包裹上的膠帶。

見我動作一停，宇文謙試探地喊了聲：「子毓？」

「謙，可以陪我一起拆開嗎？」我的聲音抑制不住顫抖。

宇文謙走到我身邊，雙手搭在我的肩上，「我在這裡。」

他的手、他的話給了我勇氣，我一鼓作氣拆開包裹。包裹最上層擺放著數張照片，全是我和媽媽的合照，她擁著我，眼神流露出的慈愛，是我十分陌生的情感，照片裡的兩個人笑得好開心。

我感到疑惑，這些照片是真的嗎？我的媽媽，那個遺棄我的媽媽，怎麼會帶著這麼溫柔的笑容抱著我？

照片背後一一仔細註明了拍攝日期、地點以及幾句附註，字跡娟秀。

夏，30度，子毓想要吃霜淇淋。

在幼稚園跑步第一名，很開心。

子毓最喜歡溜滑梯了。

我一張張照片看過去，疑惑地轉頭問宇文謙，照片上的我眞的是笑著的嗎？媽媽眞的是抱著我的嗎？

「是眞的，妳沒有看錯。」宇文謙握著我的手微微冒汗，「包裹底下還有一封信。」

他伸手取出最下面那個泛黃的信封，「要我幫妳打開嗎？」

我點頭，宇文謙小心翼翼地拿起美工刀沿著信封邊緣割開，抽出一張信紙。

宇文謙攤開信紙，上頭的字跡有幾處被水漬暈染開來，看起來就像是邊哭邊寫下的。我的眼睛忍不住蒙上一層淚光，宇文謙一邊把我緊緊擁入懷裡，一邊爲我念了這封信。

我最親愛的子毓：

我是個沒用的媽媽，而且還是個不稱職的媽媽，我不敢想像妳這些年是怎麼過的，妳會不會恨我？

但就算妳恨我，也比讓妳跟著我和妳爸四處奔逃更好。我只希望妳能過得幸福，我相信阿嬤會對妳很好，之萍就算講話不好聽，一定也會愛妳，只要妳快樂，怎麼恨我都沒關係。

昨天我離開的時候，妳一直追在我身後哭喊，我的心都要碎了，我差點好幾次就要回頭，可是絕對不行，再多看妳一眼都會讓我好不容易做下的決定因此而動搖。

巨大的欠款逼得我和妳爸不得不遠遠逃開，我不跟阿嬤、之萍提起這件事，是因爲我不想連累妳們，不管最後我和妳爸會怎麼樣，妳都會幸福成長，妳會遇見愛妳、珍惜妳的人，妳會有一群願意爲妳出頭的朋友，妳的成績一定會很好，就算偶爾考不及格也沒關係，反正媽媽以前成績也沒多好。

然後，等到妳二十歲的時候，如果這封信是由我親手交給妳的，表示所有的債務都順利解決了。

但如果這封信是由寄物公司轉交給妳的，那就請不要找我們，也不要將這件事轉告阿嬤或之萍，看完這封信之後，請妳直接把信丟掉或燒掉，將一切都埋藏起來。

然後繼續過妳的生活，繼續愛妳該愛的人。

媽眞的很抱歉，媽眞的很愛妳，但我該走了，再不走就再也走不了。

我最遺憾的就是無法看見妳長大成人的模樣，最難過的就是不能陪伴妳度過往後人生裡的每個重要階段。

對不起、對不起，我眞的很愛妳。

我淚眼婆娑，呼吸困難，眼淚撲簌簌地落在信紙上，我彷彿看見瘦弱的媽媽邊流淚邊寫完這封信。

原來媽媽曾在我生病的時候徹夜照顧過我，這件事情不是我憑空幻想出來的，媽媽眞的曾經那麼無微不至地陪在我身邊。

「謙、謙，我好難過、我的心……好痛好痛。」我死命抱著宇文謙。

他也緊緊抱著我，不停安慰我：「有我在，我在這裡。」

我用盡全力放聲哭泣，說不上是悲傷、難過又或是喜悅，也許更多是無奈，我爲自己的無知感到懊悔，爲所有的一切感到心痛。

「妳在後頭哭著追趕丟下妳離開的媽媽，其實是妳們曾經很幸福的證明，因爲妳很愛她，才不希望她丟下妳。」宇文謙抱緊我，附在我耳邊輕聲說：「我就說吧，活著就會改變，如果妳覺得一切都糟糕透頂，那只是還沒開始變好而已。」

他的安慰話語溫柔一如過往，他強而有力的懷抱也依然給了我極大的支撐。

我輕輕推開他，凝視著他的臉龐，他的溫柔與仁慈，永遠都會在我記憶中鮮明。

「我愛你，謙。」我說，露出我自認爲最美麗的微笑，「所以我們分手吧。」

他瞪大了眼睛，毫不猶豫地搖頭，「不，現在是妳最需要我的時候。」

「我不能再需要你了，我最需要的，是自己站起來往前走的勇氣。」你如果繼續留在我身邊，我一定會依賴你，然後一輩子不放開你。

這樣，我就眞的會囚禁你一輩子，然後我們兩個都會痛苦萬分。

「蘇子毓。」他嚴肅地看著我。

「我是認眞的，謙，我媽媽因爲愛我所以拋下我，我因爲愛你所以放你走。」我抿著唇，「拜託，我好像從來沒有做過什麼正確的決定，這次是我做過最好的決定，所以答應我好不好？」

他的眼神閃爍，「我……我不知道……」

我主動湊上他的唇，深深吻著他，雙手環抱他的脖子，他遲疑了一下才回應我的吻。當我退開之後，他的臉沾上了我的淚痕，他眼中浮現的不是愛情也不是激情，而是憐憫。

「你剛剛在想什麼呢？」我問：「又是在想著誰呢？」

「子毓……」

「謙，承認吧，你變了，你自己也知道，你不用再爲了我而勉強自己，我已經……已經不要緊了。」我看著那幾張照片，「就算不知道爸爸媽媽現在身在何方，但我已經知道，自己一直被人所愛，不管是阿嬤、阿姨、還是你，就連古一杰和嚴若璃他們也都是愛我的，我其實……其實很幸福。」

一顆淚珠從宇文謙的眼角滑落，他緊緊抱住我，親吻我的臉頰。

「我眞的曾經很愛妳，我一直覺得那是愛情，事實上也可能眞的是愛情，可是我……我已經搞不清楚，我眞的……」他聲音裡壓抑著的痛楚，清楚傳達到我的內心，「可是我能確定，這輩子妳都會是我生命裡最重要、最特別的人。」

我也緊緊抱住他，這一切一切的發展，都不是我們願意見到的，卻無可避免。

我們跌跌撞撞地攜手走到現在，傷害人也被人傷害，然而我的手依舊記得如何擁抱一個人，我的心也依舊溫熱，知道該要如何去愛一個人。

我們四目相交，自然而然的親吻彼此。

這個吻，包含了諸多情感，大概連我們自己都搞不清楚那些是什麼，可是此時此刻卻是我們的心最最貼近的時候。

「宇文謙，我愛你，所以，再見了。」

他扯出一個勉強的微笑，聽懂了我的意思。

再見，總有一天會再見，只是不是現在。

❖

其實只要我們有心避開彼此，是很容易的。

宇文謙走了之後，我徹底崩潰了，但我沒有失控大喊，也沒有以淚洗面，還是繼續每日的生活，繼續上學、和朋友往來，就像是行屍走肉一般。

我沒有讓阿姨知道媽媽請人送來了一封信，如果她知道了，她必定會很痛苦，會後悔當時自己的所作所為，所以我聽從媽媽的意思，把信燒了。

沒關係，那封信會永久存在我的心中，那些照片我收藏在床底深處的一個鐵盒裡，那將是我永遠的回憶。

選了一個天氣清朗的午後，我蹲在公園的花圃前，把這件事告訴阿嬤，如果爸媽還健在，請保佑他們；如果爸媽已經做了傻事，至少現在他們在天上團聚了。

不管眼前所有的路怎麼糟糕，都會有相對比較好的那條。

而且很快地，有件事情讓我分心了——

魏叔終於向阿姨求婚，阿姨的肚子裡有了新生命。

「恭喜你們，阿姨。」我摸摸阿姨的肚皮，心想自己離開的時候終於到了。

阿姨握住我的手，「這個孩子以後也是妳的責任。」

我不解地抬起頭，阿姨的眼神溫柔得像是一個母親。

「妳以爲我會丟下妳？」淚水從她的眼裡滿溢而出，「子毓，家人一輩子都是家人，不管怎麼樣，在妳嫁人以前，都在我這裡好好待著，這個孩子就是妳的妹妹。」

她的手微微顫抖，而我淚如泉湧，看著阿姨的面容，我忽然想起媽媽的側臉。

我一直記不得媽媽的長相，其實不是眞的忘了，而是我強迫自己不要記得。

如果記得她丟下我時那涕泗橫流的臉，或是那懊悔無奈的神情，我就無法全心全意恨她，我會無法理解，爲什麼她明明愛著我卻要丟下我。

然而現在我懂了，愛，可以是放手。

我終於明白了什麼是眞正的愛，終於明白了鄒銜爲何不強行占有嚴若璃。

而今，我也選擇放開宇文謙。

從初相識開始，他對我所付出的情感，也許是他對於家人的投射，他誤以爲那是愛情，直到他遇見眞正喜歡的女孩之後，才明白兩者之間的差別。

但我卻用了卑劣的手段將他強留在我身邊，時時刻刻拿著過去曾經遭遇的痛苦來傷害彼此。

我已經耽誤他了，我已經努力掙扎過了，當我的愛已經成爲負擔，那麼絕對無法將我們兩個帶往更好的地方。

所以，終究要放手。

活著就好，只要活著就好，活著才會有改變。

我淚眼婆娑，告訴自己，活著就好。

終究，我們都會迎來改變。

愛不一定是擁有，有時候是放手，這是我愛人的方式，如果那個人已經不愛我，我能給他最好的愛就是放手，讓他飛往更遼闊的地方。

也許每個人的生命旅程就像是一塊畫布，經歷過的種種將是不同顏料，伴隨著成長，爲畫布陸續添上色彩。

我一直以爲，自己畫布上的主要基調會是暗沉的濃黑，除了黑，其他什麼都沒有；而宇文謙的出現，讓我明白他的愛以及親人的愛，爲我帶來了一道彩虹。

即使當初爲我帶來第一抹美麗色彩的他已經不在我身邊，我還是會努力在畫布添上更多美麗的顏色，直到某天我們再次相遇，我相信那時候，我們的畫布都能擁有各自的美麗風景。

如果說以前的宇文謙是爲了我而活，那麼現在，他終於可以爲自己而活。
我欠他的，一輩子都還不清。
他永遠不會傷害我，而我永遠虧欠他。

尾聲

過了好幾年後，我收到宇文謙的喜帖。

喜帖附上一對新人的照片，他的笑容燦爛，看起來很幸福。

我忍不住撥了電話給他，問他這麼久沒有聯絡，怎麼一來消息就是紅色炸彈。

「妳是第一個收到喜帖的人。」他的聲音一點也沒變。

「那可眞是榮幸。」我笑著說。

他在電話那頭大笑，「妳呢？最近好嗎？」

多麼陌生卻又感傷的問候，明明我們曾如此貼近彼此的生活啊。

「還不錯，前兩天我和若璃見面，她又懷孕了。」

「哈，她最後還是選擇了他啊，我早就知道了。」宇文謙又笑。

嚴若璃並沒有舉辦婚宴，所以我和宇文謙並沒有機會見面。

「你呢？離開育幼院後去了哪裡？」

「我現在搬到市中心了，薪水還不賴。」

我們在電話兩端陷入一場短暫的靜默。

宇文謙突然問：「妳現在幸福嗎？」

「嗯，我很幸福，身體健康，事事順心，追求者多到不知道該選哪個好。」

「哈哈哈，好臭屁呀！」

我的鼻頭一酸，感覺已經好久好久沒聽見他發自眞心的大笑了。

「所以，喜宴那天，我可以見到妳吧？」他輕聲問。

「我很願意出席，不過很可惜，我下禮拜就要出發去法國了。」

「法國？去玩嗎？」

「不，老闆派我到法國的分公司坐鎮，我可是分公司駐法代表呢。」我語帶驕傲。

「眞的假的？天啊！蘇子毓，妳現在……整個前途光明啊！」他由衷爲我感到開心。

「還可以啦，所以我眞的很抱歉無法出席你的婚禮，但我會包一個大紅包過去。」

我的食指輕輕滑過相片上他的笑臉。

「好吧。」宇文謙嘆氣，「如果遇到什麼委屈或困難，別一個人悶在心裡，總有人願意傾聽妳的煩惱……有這樣的人存在嗎？」

我微笑，「當然。」

「有就好，萬一無人可訴，也還有我，我依然是妳最好的朋友。」

「不，你是我的家人。」

聽到我的糾正，宇文謙笑出聲音。

我不會告訴他，我還是很愛他。

可是我很幸福，尤其看見他露出笑容的模樣，看見依偎在他身邊的女人如此美麗，光是從那個女人的眼神，就能感覺到他們有多麼相愛。

為此我非常非常高興。

我最大的幸福，就是他能夠幸福。

掛掉電話後，我閉上眼睛，記憶中那對手牽著手的男孩、女孩，互相交換了一個眼神，給了對方一個祝福的擁抱，放開了手。

他們都長出了翅膀，各自去了其他寬闊的天空。

全文完

後記

因爲愛，所以捨得放手

我強烈希望可以有一種機器，只要我的腦袋想好故事，那個機器便會直接將我腦袋中的畫面轉成文字，這樣完成一部小說的時間就能縮短一半了。

嗯，每當我寫稿寫到焦頭爛額的時候，腦袋就會浮現這樣不切實際的想法。

我朋友還希望能夠有另一種神奇機器，只要走進去，再出來便已經卸完妝、洗好澡……看樣子大家心裡都會有台妄想中的機器呢。

咳，扯遠了。

不知道大家看完《微光的翅膀》後有什麼想法？

要寫這本書的後記，對我來說有點難度。首先介紹一下南苑高中，這所高中便是我在《當風止息時》後記裡提過的，以那所位於台灣中南部的眞實高中作做雛形而寫的高中，大家知道是哪一所嗎？

《微光的翅膀》從頭到尾都帶著悶悶的哀傷，故事後期，蘇子毓的行徑想必讓大家都看得很生氣，紛紛爲宇文謙抱不平吧。

可是又似乎可以理解，蘇子毓的傷痛造成了她嚴重缺乏安全感，讓她變得敏感，所以才會失去理智。

是否大家也都爲宇文謙感到心疼難受呢？

在連載初期，許多讀者都猜測他們兩人最後一定會走向分離，說依照Misa的風格，一定會安排發生什麼事情而讓兩人漸行漸遠。

哎呀，如同書中多次強調的，沒有任何事物會永恆不變，天下無不散的宴席，也許每一段關係都將迎來改變，但也正是因爲如此，我們才能擁有更多人生歷練，才能使心靈成長，並且懂得珍惜與把握。

所以我常會破壞故事中的每一段關係，毀掉每個人原本深信不疑的信念，並且讓他們經歷心痛，哇哈哈哈（壞心）。

沒關係啦，宇文謙不是說了嗎？

「活著就會改變，如果妳覺得一切都糟糕透頂，那只是還沒開始變好而已。」

改變並不可怕，可怕的是什麼都沒有變，所以大家請別害怕改變。

就像剛從小學畢業時，一定會擔心升上國中以後會不會和新朋友處不好，可是等到國三畢業典禮卻哭得唏哩嘩啦，不想和朋友分開，然後升上高中，又交到了好朋友，在大學則是遇見了很喜歡的對象。

就是這樣，相聚離別，總有時候，生活一直都在改變，我們一直都在適應。

宇文謙和蘇子毓陪伴了彼此很長一段時間，那些是無可取代的時光，就算往後他們各自遇見了生命中的靈魂伴侶，彼此的存在還是無可取代。

他們是彼此心靈的寄託，是支撐彼此一輩子的力量。

我很喜歡最後浮現在蘇子毓心中的那幕男孩、女孩相互擁抱後，各自長出翅膀飛向天空的畫面，有些感傷，但卻有濃濃希望的寓意。

至於嚴若璃和鄒衙、劉尚倫的三角關係，在故事的最後還是無解。Misa當然有設定嚴若璃最後是和誰結婚生子、相伴左右，但因爲我很好奇，在這段關係之中，你們是怎麼想的，所以沒有寫明，我想知道你們會希望她最後選擇了誰？

而章易仲啊，他一定會被大家討厭、被罵得很難聽，可是還是想爲他平反一下。章易仲過去曾經被別人傷害過，所以他看不慣像蘇子毓和宇文謙這樣宣稱彼此只是好朋友，相處方式卻超乎友誼的人。

只是他的作法太過激烈，也有點多管閒事。

如果沒有章易仲的話，是不是蘇子毓和宇文謙就可以一直走下去，甚至最後結婚呢？沒有什麼事情是恆久不變的，當然也許分離就不會是他們註定的結局，然而每件事的發生向來環環相扣，就像是蝴蝶效應一樣，未來會怎麼樣，其實很難說。

《微光的翅膀》整個故事的出發點，都是建立在「愛」之上。因爲愛，所以蘇子毓的媽媽拋棄了她；因爲愛，所以宇文謙選擇離開；因爲愛，所以蘇子毓緊抓著宇文謙不放，最後她也因爲愛而選擇放手。

在我們還不眞的那麼懂得如何去愛的時候，有時會用錯誤的方式去愛人，甚至是把愛當作傷害別人的藉口。但是也慶幸因爲有愛，即便經歷過傷害，我們的心依舊溫熱，依舊可以愛人，依舊能繼續往前走。

然後，我知道你們要問什麼！

鏡湖高中，在《青春副作用》裡出現過的那所高中，在《微光的翅膀》裡也出現了。

好好好，冷靜一點，我要說的是，不要來問我這兩本小說有沒有關連，鏡湖高中都出現了會沒有關連嗎？

就繼續看下去吧，所有的猜測和提問，請容許我暫時不回答（拜託）。

只要記得，我們下次見就好。

Misa

城邦原創 長期徵稿

題材

(1) 愛情：校園愛情、都會愛情、古代言情等，非羅曼史，八萬字以上，需完結。
(2) 奇幻/玄幻：八萬字以上，單本或系列作皆可；若是系列作，請至少完稿一集以上，並附上分集大綱。

如何投稿

電子檔格式投稿（請盡量選擇此形式投稿）

(1) 請寄至客服信箱service@popo.tw，信件標題寫明：【投稿城邦原創實體書出版／作品名稱／真實姓名】（例：投稿城邦原創實體書出版／愛情這件事／徐大仁）
(2) 稿件存成word檔，其他格式（網址連結、PDF檔、txt檔、直接貼文於信件中等）恕不受理；並請使用正確全形標點符號。
(3) 請附上真實姓名、性別、聯絡電話、email、POPO原創網會員帳號、作者簡介與出版經歷。
(4) 請加入POPO原創市集(www.popo.tw/index)申請成為作家會員，並將投稿作品公開放上該網站至少4萬字，若想全文公開也可以。

紙本投稿

(1) 投稿地址：10483台北市民生東路二段149號6樓A室
城邦原創實體出版部收
(2) 請以A4紙列印稿件，不收手寫稿件。
(3) 請附上真實姓名、性別、聯絡電話、email、POPO原創網會員帳號、作者簡介與出版經歷。
(4) 請自行留存底稿，恕不退稿。
(5) 請加入POPO原創市集(www.popo.tw/index)申請成為作家會員，並將投稿作品公開放上該網站至少4萬字，若想全文公開也可以。

審稿與回覆

(1) 收到稿件後，約需2-3個月審稿時間，請耐心等候通知。若通過審稿，編輯部將以email回覆並洽談合作事宜，如未過稿，恕不另行通知。
(2) 由於來稿眾多，若投稿未過，請恕無法一一說明原因或給予寫作建議。
(3) 若欲詢問審稿進度，請來信至投稿信箱，請勿透過電話、部落格、粉絲團詢問。

其他注意事項

(1) 請勿抄襲他人作品。
(2) 請確認投稿作品的實體與電子版權都在您的手上。
(3) 如果您的作品在敝公司的徵稿類型之外，仍然可以投稿，只是過稿機率相對較低。

國家圖書館出版品預行編目資料

微光的翅膀／Misa著. -- 初版. -- 臺北市；城邦原創, 2015.09
面；公分. --（戀小說；47）

ISBN 978-986-92128-2-3（平裝）

857.7　　　　104017695

微光的翅膀

作　　者／Misa
企畫選書／楊馥蔓
責任編輯／楊馥蔓

行銷業務／林政杰
總 編 輯／楊馥蔓
總 經 理／伍文翠
發 行 人／何飛鵬
法律顧問／元禾法律事務所　王子文律師
出　　版／城邦原創股份有限公司
台北市中山區民生東路二段 141 號 6 樓
電話：(02) 2509-5506　傳眞：(02) 2500-1933
E-mail：service@popo.tw
發　　行／英屬蓋曼群島商家庭傳媒股份有限公司城邦分公司
聯絡地址：台北市中山區民生東路二段 141 號 11 樓
書虫客服服務專線：(02) 25007718・(02) 25007719
24小時傳眞服務：(02) 25001990・(02) 25001991
服務時間：週一至週五09:30-12:00・13:30-17:00
郵撥帳號：19863813　戶名：書虫股份有限公司
讀者服務信箱 email：service@readingclub.com.tw
城邦讀書花園網址：www.cite.com.tw
香港發行所／城邦（香港）出版集團有限公司
地址：香港灣仔駱克道 193 號東超商業中心 1 樓
email：hkcite@biznetvigator.com
電話：(852)25086231　傳眞：(852) 25789337
馬新發行所／城邦（馬新）出版集團 Cité(M)Sdn. Bhd.
41, Jalan Radin Anum, Bandar Baru Sri Petaling,
57000 Kuala Lumpur, Malaysia.
電話：(603) 90563833　傳眞：(603) 90576622
email：services@cite.my

封面設計／黃聖文
電腦排版／游淑萍
印　　刷／漾格科技股份有限公司
經 銷 商／聯合發行股份有限公司
電話：(02)2917-8022　傳眞：(02)2911-0053

■ 2015 年 9 月初版
■ 2023 年 8 月初版 11.7 刷　　Printed in Taiwan

定價／240元

ISBN　978-986-92128-2-3

POPO城邦原創 www.popo.tw　城邦讀書花園 www.cite.com.tw